És una gentilesa de

CAIXA DE CATALUNYA

Pere Calders

GAELI I L'HOME DÉU

Edicions 62, Barcelona

Aquest llibre obtingué el Premi Joan Crexells de Novel·la Catalana el 1986 i el Premi Ciutat de Barcelona de Narrativa Catalana el 1987.

Gaeli i l'home déu fou publicada a la col·lecció "El Balancí" el 1986.

Coberta d'Enric Mir.

Edició especial per a la Caixa d'Estalvis de Catalunya, 1988.

Imprès i enquadernat a Printer Indústria gràfica s/a., C.N. II,
08620 Sant Vicenç dels Horts, Barcelona 1988.
Dipòsit Legal: B. 3315-1988.
ISBN: 84-297-2754-X.
Imprès a Espanya-Printed in Spain.

ADVERTIMENT

Aquest llibre representa, senyors, la reparació d'un greuge. En una ocasió vaig fer pública la meva protesta contra la tolerància que s'havia tingut amb Joan Gaeli. Deia, recordo, que les autoritats tenien el deure d'empresonar-lo en companyia del seu home déu, i ara em pertoca penedir-me d'aquell primer impuls.

Potser és massa aviat per a fer pública la història d'aquesta prodigiosa aliança entre un català i un ésser revestit del do de fer miracles. Però jo ja no puc esperar més, perquè l'equanimitat m'obliga.

He recollit les notes adjuntes i acompleixo la promesa que havia fet de divulgar-les. Llegiu-les, senyors, i mediteu-les. Penseu que l'escepticisme podria haver enganyat un cert doctor que figura en aquesta narració, i que podrien ser profètiques les seves paraules establint la relació entre els fets que explico i la segona vinguda del Messies, la qual cosa comportaria un pròxim esgarrifós Judici Final, que Déu confongui.

* *

No oblideu la tesi: la religiositat del poble té un fons eminentment humà; *una necessitat física de creure en Déu.* No és pas l'escenografia de les religions, i els seus miracles, que tenen com a conseqüència la religiositat immutable dels pobles, sinó que és aquesta que, en degenerar, dóna lloc a aquelles.

I. La popularitat

En el transcurs de dues hores, m'havien obligat a descendir del cotxe tres vegades i fingiren tres afusellaments. No obstant això, reeixia a ésser tan natural en posar una cara tendra, que en el moment decisiu els fallava alguna cosa i no es decidien a matar-me.

Aquell cop, l'automòbil s'aturà en una recolzada de carretera de la costa, de cara al mar. La naturalesa oferia a l'esguard una barreja de marina i de paisatge que amorosia l'esperit; els dits s'allargaven en recerca d'una lira i el vent inflava i plegava la corbata, donant-li forma de xalina. Mai no havia sentit com aleshores tantes ganes de fer versos.

El més amable dels meus deu acompanyants m'estirà la solapa i em preguntà:

—Us agradaria morir aquí?

Em va semblar que la posteritat podria treure partit d'aquella contrada, i vaig respondre:

—Sí. Això em va millor. Em quedaré «això».

Em posaren d'esquena a les roques, un ajudant em

preguntà si desitjava tapar-me els ulls. Vaig refusar, naturalment.

El grup dels meus executors s'allunyà de mi uns deu metres, i s'agombolà ajuntant les espatlles, decidint qui sap quines grans coses. Mentrestant, jo tenia lleure de repassar l'indret i descobrir una paret natural de pedra, molt a propòsit per a col·locar-hi una làpida. «Aquí —pensava—, hi gravaran la inscripció: "En aquest lloc les forces negatives del segle donaren mort a Joan Gaeli, que descobrí més llum a la Llum mateixa i salvà per al Futur les essències eternes de l'Esperit, afirmant la Religiositat immutable dels Pobles".»

L'ajudant s'avançà novament i em preguntà:

—Teniu ganes de dir-me les darreres voluntats?

—Sí. Tinc el rellotge a compondre, al «Regulador». Aneu-lo a cercar el dimecres que ve, després de les sis.

—Què voleu que en fem?

—Rifeu-lo a profit de les milícies.

—Bé.

—Apa, salut.

S'arrengleraren, feren funcionar les tanques dels màusers i vaig creure que arribava el moment.

En els tres intents anteriors, havia assajat tres postures distintes. En el primer, m'havia plegat de braços, alçant el cap de manera que la punta del nas i la barbeta eren els dos extrems d'una línia vertical. En el segon, vaig inflar el pit, deixant penjar els braços i avançant una cama marcialment. En el tercer, vaig fiar-ho tot a l'expressió, fent un somriure que volia dir: «Ja podeu fer. Això, per mi, és simplement transitori.»

Aquella quarta vegada, després de confessar-me que en cap cas no havia reeixit a explicar el meu veritable estoïcisme, vaig resoldre provar la simplicitat de gest. Em vaig descordar l'americana i l'armilla, i esbadocant-les amb les mans significava que les bales podien entrar tranquil·lament.

M'apuntaren amb cura, però tampoc no es decidiren a disparar. Quina genteta! El més alt de tots, un que em tractava de tu, trencà el rengle i em preguntà:

—Però no tens por, tu?

Em va semblar correcte contestar-li amb una frase d'Adolf Slarschwald:

—«Ja m'has fet conèixer la mort. Quin interès vols que tingui per la vida?» —Va quedar profundament impressionat. Retornà amb els seus companys i començaren a discutir; les frases finals van arribar fins a les meves orelles amb una gran nitidesa: «No val la pena. Deixem-ho córrer.»

Em van fer pujar novament a l'automòbil i vaig constatar que ens dirigíem cap a Barcelona. Pel camí, em vingueren ganes d'interessar-me pel meu futur immediat.

—Què farem ara?

—Cap a caseta.

—Per això m'heu fet perdre el tren de Martorell? —aquell dia havia de donar una conferència a Martorell.

—Què voleu fer-hi? Dispenseu.

M'havien vingut a cercar després de dinar, i amb una frisança estúpida, sense deixar-me prendre el cafè ni fumar-me el cigar, m'obligaren a seguir-los, sense preguntar-me si tenia altres coses a fer. I tot plegat, per res, per acabar trobant que no valia la pena. Brètols! Que no valia la pena la meva vida, la de Joan Gaeli, que tenia la Veritat Suprema a la punta de la llengua!

Arribàrem a Pedralbes quan començava a fosquejar. Els venedors de diaris cridaven la primera edició de «La Rambla»: «Amb la desaparició de Joan Gaeli!!! Una altra víctima dels incontrolats!!! Declaracions del Cap de Policia!!!»

L'home alt em va descobrir la tafaneria i em digué:

—Si tens ganes de baixar i llegir el diari, fes-ho. D'aquí fins a casa teva, hi pots anar a peu, o en tramvia.

—Baixaré aquí, doncs.

Pararen el cotxe.

—Compte a xerrar, eh?

—Estigueu tranquils. Sóc molt reservat, jo.

Em van fer una darrera recomanació i el cotxe partí veloçment.

Vaig encalçar el primer venedor accessible, que em

procurà «La Rambla». A primera pàgina, sota un títol a dues columnes hi havia el retrat d'un desconegut amb un peu que deia: «Joan Gaeli ha desaparegut avui del seu domicili. Prou crims! És un més, però fa vessar el vas.»

Em va molestar que apliquessin al meu cas el truc de valdre's del primer retrat que els venia a mà. Precisament, a la carpeta de la meva taula de treball hi guardava una fotografia meva de perfil, molt bona, reservada per al dia que els periòdics en tinguessin necessitat.

A la primera columna, encapçalada amb una nota en negretes, seguia la informació. Les negretes deien: «Nosaltres no ens sentim identificats amb les teories de Joan Gaeli, però respectem tots els homes que saben exposar i defensar el seu pensament amb sinceritat. En ocasió de la conferència que Gaeli donà a l'"Associació d'Idealistes Pràctics", en el curs de la qual afirmà que calia cultivar el sentiment religiós del nostre poble i transformar-lo en una idea nacional, ja férem constar les nostres divergències. Gaeli, interpretant artificiosament uns textos de Francesc Pujols, deia que era necessari recollir els sediments sentimentals del nostre poble i convertir els seus ídols en sants. Segons ell, si la revolució s'entestava a ofegar la religiositat dels catalans, a més de no aconseguir-ho, correríem el perill que els fidels trobessin en la clandestinitat millors ocasions per a fer més embrutidores les seves pràctiques. Joan Gaeli proposava l'establiment d'un santoral on figurarien, prèvia la canonització solemne, sant Francesc Macià, sant Jaume Comte, sant Bonaventura Durruti, sant Jaume Sunyol, etc.»

No m'havien entès. No era això el que jo havia volgut dir. A fi d'acabar una frase d'una manera brillant i per fixar una imatge plena de picardia, aquells noms figuraven realment en el meu discurs, però no pas en el sentit que hi donava l'articulista.

En definitiva —cal aclarir-ho— la meva idea era que, ja que el sentiment religiós ha actuat a vegades com a força motriu de progrés, era necessari endegar aquesta força, industrialitzant-la des del municipi o des de l'estat i vetllant perquè no es desviés! Heus ací la síntesi.

Les negretes continuaven encara unes quantes ratlles: «Joan Gaeli es feia perdonar la poca consistència de la seva teoria a base de l'enardiment amb què la manifestava, i fins i tot, freqüentment, a base de l'habilitat amb què en parlava. Finalment, ha estat víctima del furor dels frenètics, que no han pogut assimilar la seva doctrina. Les seves idees han estat causa de la seva mort. G. B.»

Això em va disgustar molt. Qualsevol hauria dit, jutjant per aquests conceptes, que jo no era altra cosa que un parlotejador més o menys fantasiós. Encara em restava lluitar llargament amb la incomprensió dels humans.

Després, el diari divulgava el succés, amb tot de detalls evocadors. Al dipòsit judicial hi havia dos cadàvers sense identificar, amb la cara desfigurada, i segons deien era probable que un dels dos em pertanyés: particularment un que duia a la butxaca superior de l'americana un mocador de seda groga, coqueteria que, segons declaració de la portera de casa, era consubstancial amb mi. Comare desmanegada i poca-solta! Només m'havia posat mocador groc un any que vaig anar a la processó de la Festa Major de Palamós.

Allò dels cadàvers m'inquietava. Quin tipus de cadàver m'atribuïen? Fa molt temps que les incògnites m'empipen d'una manera extraordinària i aquella se'm feia insuportable.

Vaig aturar un taxi.

—A la Comissaria General d'Ordre Públic!

Feia una nit d'aquelles que m'agraden tant. Les estrelles espurnejaven damunt d'un cel que era fosc sense deixar d'ésser blau, i l'aire portava a la boca un gust de ciutat neta molt bo. Els grills de suburbi cantaven i tot marxava de la millor manera possible.

A la Comissaria, un guàrdia d'assalt em va preguntar on anava, posant-me una mà a l'espatlla.

—Vull veure el comissari.

—Bé. Per què?

—Sóc en Joan Gaeli.

—No n'hi ha prou. Heu d'explicar els motius.

Va sortir un oficial, que es va fer càrrec del cas i m'acompanyà fins al despatx del comissari. L'autoritat estava en mànigues de camisa; a la seva dreta, damunt la taula, hi tenia un vas d'orxata, i jugava amb la palleta, fent-la anar d'una banda a l'altra dels llavis. Llegia «Catalunya», que publicava també el meu fals retrat, a mida gran.

El comissari tenia un to de veu que es guanyava immediatament la confiança.

—Digueu...

—Sóc en Joan Gaeli.

Em va mirar bé, em comparà amb el retrat del diari i dictaminà:

—No és pas veritat. No us hi assembleu de res.

—El que no s'hi assembla de res és aquest de la fotografia.

No obstant això, el periodisme té tanta força que l'home s'inclinava de la banda del diari.

—Però... I els cadàvers?

—Falsos. No m'uneix cap lligam amb ells.

—M'haureu de provar la vostra identitat.

Li vaig ensenyar la cèdula personal, la targeta de racionament, un salconduit per traslladar-me de Polinyà a Granollers i la contrasenya del Casal de la Cultura. No li podia ensenyar els carnets sindicals perquè els segrestadors me'ls havien esquinçat.

—Tot això es pot trucar fàcilment. No ofereix cap garantia.

Des de molt jove, he tingut una gran presència d'esperit davant de les dificultats. En aquell moment, se'm va ocórrer una solució definitiva:

—Coneixeu el cap dels serveis de Premsa de la Generalitat?

—Sí.

—Doncs, és cosí meu. Pregunteu-li a veure si és veritat que jo, Joan Gaeli, tinc un desig morat sota l'orella dreta.

Vaig alçar-me el lòbul per ensenyar-li la taca de les dimensions d'una ungla, que m'ha semblat sempre una mostra de distinció espiritual. El comissari va telefonar, comunicà amb el meu parent i la identitat fou establerta finalment d'una manera indubtable.

—Què penseu fer, doncs?

—En primer lloc, desautoritzar els cadàvers. Després, obligaré els diaris a rectificar la seva informació gràfica i a publicar la meva fotografia veritable. A més, em reservo el dret d'exigir una indemnització pels perjudicis que aquesta mixtificació em pugui ocasionar. En darrer terme, lliuraré una nota a la premsa condemnant el maneig dels bandolers i protestant de la inactivitat de la policia.

El comissari es va tornar groc:

—Us prego que no sigueu dur amb la policia. Procureu deixar-me en bon lloc. Al capdavall, sóc un home carregat de bones intencions.

Mai no m'ha sabut greu d'haver tranquil·litzat el comissari en aquella ocasió. Em va ajudar molt a realitzar un programa de reivindicacions immediates i ha estat per sempre més un excel·lent amic meu.

* *

La nota lliurada a la premsa va enrobustir la meva popularitat d'una manera insospitada. Havia reeixit a interpretar l'opinió pública, i això és una cosa que sempre s'agraeix molt. Tots els ateneus del país em sol·licitaven conferències, els diaris volien que els fes articles i una editorial de Badalona em va proposar l'edició d'un llibre on fossin exposades detalladament les meves teories.

Una societat esperantista d'Holanda m'escrivia regularment i, a més, rebia lletres d'admiradors de tot el món. El meu rostre, divulgat per mitjà de la fotografia autèntica, va resultar ésser del gust de les dones, i cada dia dedicava dues hores a signar retrats.

Una tarda, em va visitar un corresponsal de l'agència Tass a fi de fer-me un interviu on seria presentat com a singular producte de la revolució dels pobles ibèrics, i que seria publicat simultàniament en quinze grans rotatius europeus.

L'endemà, vingué a casa la delegació peninsular del

Noticiari Fox Movietone («Ulls i Orelles del Món») per tal d'impressionar una cinta parlant. Vaig tenir un encert tan remarcable, en el meu discurs, que crec convenient reproduir-lo aquí, a desgrat que milers i milers de contemporanis el conservaran encara en la seva memòria:

«Gràcies a la gentilesa de Fox-Movietone, podrà ésser divulgat el meu exemple. Represento un cas de tenacitat i de constància, ajudades per una clara intel·ligència innata.

»D'origen modest, havent començat la lluita per la vida com a simple dependent d'una casa de pintures i vernissos del carrer Ample, m'he hagut d'elevar pel propi esforç, sacrificant-me, estudiant, concorrent a la Biblioteca Arús, de Barcelona, amb una assiduïtat remarcable, girant l'esquena als divertiments a què es lliuraven els altres joves de la meva edat. En el silenci d'aquella casa venerable, m'he saturat l'esperit llegint la història de les revolucions, de les religions i la vida dels sants, la psicologia de les masses i totes aquelles obres que em podien ajudar a completar una idea que m'estimo més que res en el món.

»Gràcies a aquesta rígida disciplina, tinc la satisfacció de manifestar que, als trenta anys, estic en condicions de conduir el meu poble cap a la bondat còsmica i definitiva, i la satisfacció més gran de poder afirmar que el poble em comprèn i em segueix.

»D'aquesta manera imprimirem un segell de personalitat ben caracteritzada a la revolució hispànica, i estarem en condicions de col·laborar en el progrés del segle des del primer rengle de campions de la civilització.»

Punt. L'escena acabava així, sense més ni més, però des d'aleshores la meva celebritat estava assegurada. He conegut tots els inconvenients i tots els avantatges d'ésser popular i als trenta-un anys puc dir que, respecte a les sorpreses de l'èxit, no hi ha ningú del món, ni d'abans ni d'ara, que em pugui ensenyar res de nou.

II. Es presenta Miquel Gorienko

Per aquell temps, jo vivia en un pis modest del carrer de l'Argenteria, però a mesura que la meva fama anava creixent, l'estatge exagerava la seva petitesa i hi havia dies que tenia tots els racons plens de visites.

A desgrat de tot, no em decidia a abandonar-lo, perquè el pis em guardava molts records. Havia estat l'escenari dels meus amors amb la diva italiana Lida Saretti i a més omplia extensos retalls de la meva biografia.

És possible que no m'hagués resolt mai a canviar de casa si un lamentable accident, que podia tenir conseqüències gravíssimes, no m'hagués facilitat la manera de fer-ho. Tenia cura de la meva persona —guisar, rentar, planxar, endreçar el pis, etc.— una dona empordanesa, de mitjana edat, que no era gens partidària de deixar-se contrariar la voluntat. Està molt estesa la creença que la gent de l'Empordà és forassenyada, però jo ja vaig demostrar, en una conferència donada a l'Associació d'Alumnes de l'Escola de Belles Arts, que aquesta idea és falsa, perquè no hi ha cap grup ètnic que tingui com a característica essencial defectes o qualitats immutables. No obstant això, l'empordanesa a la qual em refereixo semblava posada al món per contrariar el meu generós raonament.

No m'agrada gens parlar dels meus avantpassats, però en aquest cas em veuré obligat a fer violència als meus gustos i a explicar un episodi de la vida del meu avi. Altrament, correria el risc de passar a la posteritat amb un segell de petit dictador que no m'escau, i a més no podria fer comprendre el valor del meu talismà asteca. Per altra banda, és una història curtíssima:

«El meu avi era un francès aventurer de mitjan segle passat. Quan Juárez, al front dels seus revolucionaris, va prendre la capital mexicana, Anglaterra, França i Espanya decidiren enviar-hi representacions armades per tal de protegir llurs interessos. Anglaterra va trametre uns quants mariners comandats per Henry Dunlop i Lennox Wike, Espanya 6.000 homes dirigits pel general de Reus, Joan Prim i Prats, i França 2.500 soldats a les ordres del comte Dubois de Saligny i del vicealmirall Jurien de la Gravière.

»El meu avi, que en aquella època sofria la persecució de la justícia francesa per haver-se-li descobert l'explotació d'una falsa aigua mineral, s'enrolà com a sanitari a l'equip francès i travessà l'Atlàntic.

»De sotamà la delegació de França duia un encàrrec molt especial de l'emperador Napoleó III: es tractava de posar el peu al coll de Juárez, prescindir de tres o quatre tractats i pactes i proclamar emperador de Mèxic l'arxiduc Maximilià. Per aquests antecedents, es pot endevinar que el paper de la delegació havia d'ésser preponderant i mogut.

»Durant el viatge el meu parent es va fer amic d'un altre expedicionari singular, meridional, bellugadís i begut de galtes. Es deia Claude Magueron; era baix i vestia bé i tenia uns bigotassos que eren l'enveja de tots els seus amics i coneguts. Se li veia de seguida que tenia la cara il·luminada per una idea fixa i el do de manar.

»Al cap de pocs dies de navegació, el meridional va perdre la salut. Havia contret una sarna d'una mena molt dolenta, provocada per una raça de polls la picada dels quals pot produir fins i tot la mort.

»El meu avi, que tenia cura del malalt, va recollir durant una nit la seva confidència:

»—Estic molt malament i és possible que arribi a morir-me. En aquest cas, no vull de cap manera que el meu secret es perdi, i per evitar-ho te'n faré dipositari.

»Vaig a Mèxic per tal de recollir el talismà del Judici Clar i del Bon Govern, l'existència del qual conec per un document del 1542, signat per un joglar de Siète, Paul de Collignac. L'home que posseeixi aquest talismà tindrà el ressort del domini sobre els humans i s'elevarà molt per damunt dels seus contemporanis. El secret de la rivalitat entre Cristòfor Colom i Amerigo Vespucci radicava en la lluita per la possessió de l'amulet.

»Dintre la meva caixa de viatge hi ha una capsa folrada amb pell de vaca que conté el document i totes les dades necessàries per a trobar el talismà. Si em moro, queda't la capsa i cerca'l. Ets l'hereu que rep l'herència més important del món.»

Però no es va morir. Dites aquestes paraules, va tombar el coll i estirà les cames i el meu avi, que sempre havia estat fidel a la mímica tradicional, va interpretar aquest gest com si fos la darrera acció del seu amic. Vessà una llàgrima, va fer el senyal de la creu i li tapà el cap amb la manta del llit. L'altre es tragué la roba d'una revolada i amb veu esmorteïda digué:

—No m'acotxis el cap, que m'ofego. Ara deixa'm sol i no m'amoïnis. Tinc ganes de dormir.

Des d'aleshores, la millora es va iniciar i s'anà accentuant fins que el malalt es guarí del tot. Claude Magueron va trepitjar terra mexicana amb tota felicitat, com la majoria dels expedicionaris, i ni ell ni el meu avi no varen parlar més del talismà, perquè ell no recordava (a causa de la febre) aquella generosa confidència i el meu parent atribuïa la història de l'amulet a un desvarieig.

Quan el triumvirat militar internacional va plantar el

campament a Orizaba i don Joan Prim i Prats i el senyor de Saligny van començar a discutir la conveniència o no de passar per damunt el tractat de Soledad, Claude Magueron aprofità la inactivitat de les tropes per desertar. S'emportà una carabasseta amb conyac, dues capses de galetes i uns embotits del magatzem de la intendència. Per molts dies, ningú no va saber res més d'ell.

Vingué el dia en el qual el general Prim i el comte Dubois de Saligny trencaren les relacions, i el general es retirà al front de les tropes espanyoles, tot assegurant als francesos que del seu intent de colonitzar Mèxic se'n farien set pedres.

Després vingueren els primers combats amb els revolucionaris, la protecció dels hospitals per als atacats de vòmit negre i totes les penalitats produïdes pel rigor del clima i per la guerra. Finalment la predicció del general Prim es va complir i es congriaren tots els elements necessaris per a fer possible la desfeta francesa de Puebla.

Vint-i-quatre hores abans de la batalla, Claude Magueron es reintegrà al campament; havia crescut almenys un pam i mig i tenia tots els cabells blancs. Duia la cara ratllada per una cicatriu enorme, que abans no posseïa, i cal dir que, segons dictamen del meu avi, que coneixia molt bé la matèria, aquest senyal damunt la carn no semblava pas el rastre d'una ferida recent, sinó que tenia l'aspecte i les característiques d'una marca molt antiga.

La imminència de la topada amb els indígenes va fer possible que no es concedís una importància excessiva a la reaparició de Claude Magueron, i fins i tot se li arribà a perdonar tàcitament la deserció, permetent-li que ocupés el seu lloc en el combat.

Segons el meu parent, la batalla de Puebla fou terrible. Per tal d'apallissar els francesos, s'uniren els sectors mexicans més distanciats i aconseguiren la formació d'un conglomerat agressiu, enardit i puixant.

A la primera envestida, Magueron fou ferit mortalment al coll. Va caure de cara al cel, estirant els braços cap al meu avi, que jugava el seu paper de sanitari. L'avi l'agafà pels braços, el va incorporar lleugerament i li significà amb un espetec de llengua que no hi havia res a fer. L'altre li contestà amb els ulls que ja ho sabia.

Amb moltes penes, es va ficar una mà a la pitrera i en tragué una bossa de pell bruta i vella; la besà amb una gran unció, va lliurar-la d'una manera solemne al meu parent i deixà fugir la vida per la boca amb una glopada de sang.

L'avi seguí fins al final l'aventura mexicana, sense abandonar mai més el talismà asteca. Quan retornà a França, madur i carregat d'experiència, li fou possible conèixer el secret del veritable poder del talismà. Perquè cal dir que la influència d'aquella petita peça —una terra cuita que representava un monstre fent una ganyota— no s'havia revelat amb l'ambició i l'alta volada que deixava suposar el nom d'«Amulet del Judici Clar i del Bon Govern». Per aquell temps, hi havia a Dunkerque un professor que s'havia passat la vida estudiant talismans i era un gran coneixedor de les seves particularitats. Sabent la seva fama, l'avi l'anà a cercar perquè li expliqués el partit que es podria treure del que ell posseïa. El dictamen del tècnic fou molt concret: el talismà asteca pertanyia a la mena dels que han de renovar el seu poder periòdicament, repetint el sortilegi inicial de la seva creació. Altrament, la seva influència es va diluint a través dels segles i es transforma en manifestacions més modestes. El professor tenia el convenciment que aquell de l'avi conservava encara alguna virtut, impossible de precisar amb una anàlisi breu. Era qüestió de guardar-lo i anar vivint, esperant que la particularitat del talismà es manifestés per una banda o altra.

L'avi ho va fer així. I per sempre més va guanyar en el joc del dòmino, o en qualsevol altre joc d'intel·ligència o d'atzar, i va ésser afortunat amb les dones com cap altre home del seu temps. Quan va morir, carregat d'anys i de benestar, llegà l'amulet al meu pare, de les mans del qual va passar a les meves.

Ara bé. A mi mai no m'ha agradat jugar i les dones només m'interessen de tant en tant. Per altra banda, l'avi i el pare usaren tant el poder del talismà que és molt possible que la seva irradiació ja hagués entrat en una altra fase. No ho sé. He confiat sempre més en el propi talent i la pròpia audàcia que no pas en els beneficis que em puguin venir d'enginys sobrenaturals.

Però en una esfera de gran modèstia, el talismà m'havia revelat estimables virtuts. A l'estiu, per exemple, posant-lo en contacte amb les begudes, aquestes es gelaven en un termini brevíssim i la seva fredor subsistia durant molt temps. A l'hivern, el talismà invertia aquesta rara qualitat i em servia per a escalfar el llit i caldejar les habitacions d'una manera sanitosa i natural.

De fet, jo me l'estimava molt, el meu amulet. El tenia presidint la meva taula de treball, col·locat dins una petita capella d'eben, construïda expressament, i havia arribat a professar-li aquella veneració que ens mereixen els objectes domèstics útils, la manca dels quals en determinats moments ens planteja problemes difícils de solucionar.

Un dia, arribo a casa meva, recullo una enorme cistella de correspondència i em disposo a endreçar-la al meu despatx. D'antuvi, vaig adonar-me que la capella d'eben era buida i el cor em va fer un salt.

—Maria! !

La minyona empordanesa es deia Maria.

—Maneu...

—On és el talismà asteca?

Va mirar la capella, clavà els ulls al sostre, tot fent un esforç per recordar, i digué amb una gran senzillesa:

—«S'ha» trencat.

Anava a renyar-la, posant en joc tota la meva indignació, però em va prendre avantatge. Mai no havia estat recriminat com aleshores ho vaig ésser per la criada de mitjana edat. Em va dir que jo no tenia ordre ni concert, que el dia menys pensat perdria les orelles, que era un brut i un gandul. Finalment, m'etzibà la seva tesi: el culpable de l'accident era jo, perquè tenia sempre la taula de treball tan desordenada, que era impossible que un ésser normal de raça blanca s'hi pogués moure sense trencar coses.

Em vaig dominar i, posant la veu a to, vaig contestar:

—Bé. Deixem-ho córrer, això. On són els trossos? Doneu-me els trossos!...

—Els he llençat. Ja se'ls ha emportat i tot l'escombriaire.

Aleshores sí que em va semblar que no valia la pena de dominar-se. Jo no pego gairebé mai a les dones, i quan ho faig és només en els casos absolutament imprescindibles. En aquella ocasió, em desfeien la meva darrera esperança (reconstruir el talismà asteca amb cola universal) d'una manera estúpida, i vaig botar sense que res ni ningú poguessin evitar-ho: trencant un bastó de canya índia damunt del cap de la serventa.

D'aquest simple acte de justícia domèstica se'n derivaren tot de conseqüències enutjoses. Un sindicat em volia castigar, a base de tergiversar l'ordre interior de la meva llar per una temporada, fent-me fer de criat de la minyona, sense dret a cap apel·lació en cas d'ésser aporrinat. No els fou possible obtenir la meva aquiescència, i hagueren de resignar les seves ganes de venjar-se a base d'una penyora injusta que m'imposaren les autoritats.

De fet, les meves relacions amb l'empordanesa quedaren trencades, i desganat d'intentar una altra experiència vaig deixar el pis i em vaig traslladar a l'Hotel Internacional. Tenia unes habitacions amb balcó damunt la Rambla, per on el meu esperit s'abocava a la vida ciutadana d'una manera elevadora i estimulant. Aquell ambient esbatanava la meva lucidesa d'una manera singular, i les idees més profitoses per a la humanitat que em són degudes sorgiren o foren completades servint de marc els plàtans de la gran artèria ciutadana.

No obstant això, el paper més important que ha jugat en la meva vida l'Hotel Internacional ha estat el de servir d'escenari a la presentació de Miquel Gorienko. Pocs segles produeixen homes com Gorienko, que poden arribar a sants o emperadors i torçar o endegar tota una època amb les seves mans, modelant els moments històrics com si tinguessin la ductilitat del fang. Però no em vull precipitar. Contaré detalladament les circumstàncies que posaren en contacte dos dels homes més extraordinaris del nostre temps.

Un dissabte a la tarda, vaig arribar a l'hotel malhumorat, incapaç de tolerar res a ningú. Havia perdut una quantitat respectable, jugant al canòdrom, i aquests contratemps m'irriten sempre desmesuradament. Un tècnic m'assegurà que un gos esmolat i prim d'estampa miseriosa era el millor gos de la tarda; per altra banda, «El Món dels Esports», la publicació més assabentada, coincidia a pronosticar també que aquell animal era el de més probabilitats. Vaig jugar fort i vaig perdre. Els pronòstics fallaren: heus ací la causa del meu enuig.

Estava reclòs a l'habitació, meditant si fóra convenient o no denunciar «El Món dels Esports» i el tècnic per incapacitat professional, quan trucà a la porta una cambrera de l'hotel. Em presentà una safata ridícula, amb una targeta de color groc molt singular. En lletres d'impremta, la targeta deia: «Miquel Gorienko. Rus.» I a sota, manuscrit, amb caràcters espirituals i en correcte català: «sol·licita ésser rebut per Joan Gaeli».

Del retall de cartolina se'n devia desprendre algun encís obligador, perquè em decidia a rebre l'estranger en uns moments que hauria engegat al botavant qualsevol visita. Mentre esperava l'entrada de Gorienko, m'esqueia meditar la singularitat d'aquell desconegut que feia constar la nacionalitat en la targeta de visita.

Mai un ésser humà no m'havia impressionat tan fortament. Per què? No ho sabria pas dir. A l'hora de descriure l'ambient i els elements d'aquesta entrevista, m'adono que un i altres estaven mancats d'aquests detalls evocadors que es rendeixen fàcilment a l'enginy del narrador i li permeten situar les coses amb una gran precisió. Gorienko no s'imposava pel seu físic ni per la seva indumentària. La força que guanyava la voluntat de l'espectador residia més aviat en una irradiació espiritual que el precedia i que mantenia al seu entorn una atmosfera propícia a brindar-li tots els avantatges.

Va trucar a la porta amb els dits, i entrà gairebé a cavall d'un posat subtil, que donava a la seva figura una agilitat paradoxalment encarcarada. Tot ell anava vestit amb elegància, i no pas una elegància absolutament discreta. Cada vegada que avançava els peus i li quedaven al descobert, m'esgarrifava una mica el color de les sabates que calçava. Fins i tot aleshores, en què la il·lusió i la necessitat de vestir-se d'acord amb els dictats de la revolució començaven a declinar, i que les caçadores de pell i els colls oberts eren substituïts pels vestits ben tallats i les corbates de fantasia, la manera d'abillar-se de Miquel Gorienko havia de sorprendre els ciutadans.

Era prim i calia que constantment ofegués amb períodes d'energia la pal·lidesa del seu rostre. Tenia els cabells llargs, aplanats i brillants, les pestanyes llargues i arrissades i unes celles fines, curosament dibuixades, que semblaven dos parèntesis perduts dins un petit plat de crema. Un no sé què de profundament femení (i no pas d'efeminat) marcava de dalt a baix la seva persona.

Produïa un rar aiguabarreig de sensacions. Davant d'ell, vaig sentir successivament la impressió atraient i dolorosa de trobar-me escalfat pel sol, de panxa damunt la sorra i el cap calent; d'engolir una beguda deliciosa, calmadora d'una set terrible, però que sabia que em faria mal; sentia la mena de neguit que em produeix la mirada dels llangardaixos i la de la majoria de rèptils, però sense experimentar cap sentiment de repulsió. Potser podria explicar el meu estat d'esperit dient que em semblava trobar-me com la donzella enfront del seu seductor, debatentse entre els impulsos del desig i la por de les conseqüències ulteriors. No obstant això, la imatge és poc afortunada, puix que suposaria centrar d'una manera excessivament concreta una emoció inexplicable, o que només es pot explicar referint-se vagament a coses d'aquest món.

La veu de Gorienko era més tranquil·litzadora del que calia esperar:

—Sou Joan Gaeli?

Parlava un català correctíssim.

—Sí. Però vós sou rus «de debò»?

—Ho sóc.

—Deveu haver viscut molts anys a Catalunya.

—Fa dos dies que he arribat a Barcelona, i no havia estat mai al vostre país. ¿Ho pregunteu pel meu català impecable?

—Sí.

—El vaig aprendre a la Universitat de Praga, a la càtedra regentada per l'il·lustre catalanòfil txec Rudolf Slaby. És una cosa que no té res d'extraordinari.

Veritablement, Gorienko m'havia d'acostumar, en el transcurs del temps, a coses molt més notables.

Del carrer em va arribar una alenada d'aire que m'aguditzà la consciència i féu botar els furs del meu aplom. Em vaig sobreposar a una mena d'encongiment que m'era poc familiar, i intentava penetrar la mica de món immaterial que envoltava Gorienko. Però l'espectador jutjarà fins a quin punt em vaig equivocar.

—Bé. Vós direu...

Em va sortir gairebé a la impensada, aquesta fórmula de petit botiguer, heretada probablement dels meus avantpassats, i l'aplom s'escapà novament per la finestra.

Gorienko em mirava d'aquella manera que entre persones normals es qualifica d'insolent. Va arribar, fins i tot, a donar dues o tres voltes al meu entorn, com si l'objecte de la seva visita fos el d'aprendre's la meva imatge de memòria.

En general, em va semblar que el meu aspecte li plaïa. Desaprovà únicament la meva corbata i el meu calçat: uns borseguins de migtemps, en blanc i ros, que em foren venuts com a molt discrets i mudadors. Mostrà la seva disconformitat arrufant el nas i espetegant expressivament la llengua, la qual cosa va obligar-me a repel·lir la censura d'una manera directa:

—Les vostres sabates grogues, a mi, tampoc no m'agraden. No m'agraden *gens*.

Somrigué, o, millor dit, m'ensenyà les dents. Unes dents blanques i ben tallades, excessivament boniques per la boca d'un home. Per desconcertant que sigui (a mi mateix em va desconcertar aleshores), descobria en Gorienko trossos de bellesa que m'hauria plagut trobar en el rostre de l'estimada. Però no pas l'estimada circumstancial i obligadora, que dura tant com el desig, sinó l'estimada eterna, el gran amor de la vida, capaç d'afirmar d'una manera oficial la nostra monogàmia.

I no obstant això, mostrava una energia sostinguda, viril, que no donava dret a enfilar el judici torçadament i que imposava la seva puixança fins a homes tan homes com jo.

Gorienko s'assegué, a casa meva, i m'invità cortesament a imitar-lo. D'antuvi, ell va prendre la direcció de la visita i jo seguia dòcilment. Em preguntà:

—En què treballeu actualment?

—Escric un llibre, suggerint les derivacions pràctiques que podrien tenir les meves teories. ¿Les coneixeu, vós, les meves teories?

—Sí, home! Altrament, com m'explicaríeu la meva visita?

Això em va afalagar. En aquella època, l'engrescament per la popularitat ja em començava a passar, però aquella afirmació en boca de Gorienko tenia per mi un valor especial.

Es va alçar de la cadira i començà a caminar amunt i avall de la cambra, amb les mans al darrera i la mirada baixa. S'aturà davant meu, i em preguntà:

—Us les estimeu molt les vostres teories?

—Molt, ja ho crec! És el que m'estimo més del món.

No li va agradar. Li desplagué visiblement que jo m'estimés les meves teories, i exterioritzà el seu enuig reprenent les anades i vingudes d'una manera agitada. De sobte, m'assenyalà amb la mà estesa i em digué:

—Però us les estimeu d'una manera mística. ¿Estaríeu disposat a sacrificar-hi la vostra vida, com un apòstol o un profeta, sofrint i martiritzant-vos perquè la humanitat rebés els beneficis de la vostra doctrina?

—No, això no. Jo m'estimo les meves teories perquè són «meves». Si fossin l'herència rebuda de qualsevol déu, tant se me'n donaria.

—De manera que no us són cares pel que valen elles mateixes, sinó pel que valeu vós?

—Exacte.

—Magnífic! És millor del que esperava.

Sembla que ell ja havia arribat a una conclusió quan jo em debatia encara entre la perplexitat i el desconcert. Tornà a asseure's, acostà la seva cadira a la meva amb un gest confidencial i em posà la seva mà dreta damunt el genoll.

—He vingut de la URSS per proposar-vos un afer formidable. Es tractaria de donar un gran rendiment a la popularitat de què gaudiu sense que el vostre prestigi en sofrís gens. Caldria començar establint un pacte mutu i fent societat per tal d'explotar les nostres qualitats excepcionals.

Mentrestant, el meu amor propi havia reaccionat una mica, i vaig ésser capaç d'objectar-li.

—Bé, mireu. D'això n'hem de parlar. Vós ja sabeu el que jo podria aportar a la societat. En canvi (dit sigui sense ganes de molestar-vos), no m'heu explicat encara quin paper jugaríeu en aquest concert ideal.

En el curs de la conversa, amb el braç estirat i recolzant-lo damunt d'una tauleta rodona, m'havia posat a fullejar maquinalment una revista il·lustrada, gairebé sense mirar-la o, en tot cas, sense veure-la. Gorienko allargà una mà, amb l'índex estès, i em va assenyalar una de les pàgines, completament a l'atzar. Era una pàgina d'anuncis, on hi havia el fotogravat d'un rellotge de pesos, amb la caixa tallada en fusta i molt recarregat d'ornaments de gust rural.

—Voleu dibuixar la silueta d'aquest rellotge a la paret?

Transcrites fredament, aquestes paraules de Gorienko tenen l'aire d'una invitació. Però, de fet, foren dites d'una manera imperativa, com una ordre donada per algú que sabés molt de manar i que tingués l'habilitat d'ésser obeït sense rèplica.

Vaig agafar el llapis que m'oferia i, triant un tros d'envà lliure d'accessoris decoratius, vaig començar l'encàrrec. Mai no havia guixat les parets, perquè, a més de tractar-se d'un vici que m'ha repugnat sempre, m'estimo molt les parets blanques i netes, en la seva forma *natural.* A mitja silueta, la violència que estava fent a la puresa dels meus gustos m'obligà a girar-me i a preguntar:

—És absolutament necessari que guixi la paret?

—Ho és. Per altra banda, no cal que us hi mireu gaire. El valor del vostre croquis ha d'ésser purament episòdic.

Quan el contorn estigué llest, Gorienko s'alçà, em va agafar per les espatlles i em féu recular unes quantes passes.

—Ara —em digué—, cal que concentreu tota l'atenció damunt la silueta.

Se situà al meu costat i, de sobte, em tapà els ulls amb la mà, per espai de menys d'un segon. En retornar-me la visió, hi havia al mur, a l'indret del meu dibuix, un rellotge de pesos *de debò*, brandant sonorament el pèndol. Era del mateix tipus que el que anunciava la revista il·lustrada, i en aquell moment va fer un soroll molt fi, esbatanà una porteta amagada sota un cap de cérvol molt ben treballat i sortí un ocell de fusta a cantar les sis de la tarda.

Allò que de moment em va semblar un truc, em sorprengué per la facilitat d'elements amb què havia estat realitzat i la rapidesa de l'operador.

—Teniu molta habilitat i heu fet aquest joc d'una manera molt neta. Però us he de fer constar que no m'he fixat si, en el moment d'entrar, dúieu algun paquet dissimulat.

—No, home. No es tracta pas de cap joc. I suposant que jo hagués portat un paquet tan voluminós sense que fos vist, com us explicaríeu la rapidesa i la solidesa de la instal·lació del rellotge? Proveu de treure'l de la paret.

Ho vaig provar, però la caixa estava arrapada fortament a l'envà i amb totes les meves forces no podia ni tan sols trontollar-la.

—A més, s'ha tractat d'un rellotge perquè l'atzar ho ha portat així. De qualsevol altra manera, hauríem obtingut els mateixos resultats. O si no, provem-ho.

M'agafà pel braç i em va obligar a mirar-lo fixament.

—Ara penseu en qualsevol objecte que no sigui un rellotge.

No sé per quin rar lligam de sensacions vaig evocar la imatge d'una sopera.

—Gireu-vos.

Clavada a la paret, en lloc del rellotge de pesos, hi havia una sopera florejada, completament absurda.

Per molt endurit que jo hagués estat aleshores, aquelles mutacions vertiginoses m'havien de sorprendre. Gairebé mai no estem disposats a concedir a allò que veiem un abast superior a l'explicació lògica que la nostra raó és capaç de confegir. En conseqüència, tenia la preocupació de no cedir davant de Gorienko, i em guardava molt bé (jo m'ho creia, almenys) d'exterioritzar ni una mica de perplexitat.

—Fareu molts diners amb aquestes imatges il·lusòries. Al nostre país les prestidigitacions de gran estil són gairebé desconegudes.

Gorienko s'enutjà:

—Però, home, això no és pas un joc! Esperava de vós que ho sabríeu distingir.

—Doncs, si no voleu que sigui un joc, què és?

—Són miracles.

—Estimat senyor —em vaig alçar de la cadira—, us he de dir que jo no hi crec, en miracles.

—No creieu en miracles i voleu inventar una religió? Sí que esteu ben arreglat!

Em va mirar commiserativament i em vaig avergonyir. M'adonava que, en realitat, devia haver oblidat alguna cosa que tenia una gran importància.

III. Estrena d'una religió davant del poble

En presència de Gorienko les hores semblaven tenir la durada de minuts. El dia començà a tenyir-se de capvespre i ens veiérem obligats a encendre els llums.

Després de la meva declaració d'escepticisme, Gorienko havia iniciat un canvi de jeia que l'inclinava cap a la severitat. Semblava com si tingués un dret legítim a empipar-se i que aquell dret l'hi hagués concedit jo per l'absurditat mateixa de la meva conducta.

—Escolteu, Gaeli: vós esteu destinat fatalment a dirigir-vos a les masses. No us sabreu estar (i per altra banda seríeu ben ase de fer-ho) de donar més extensió a les vostres idees. És cert o no?

—Sí. És cert.

—Doncs, bé. Quan parleu al poble, ¿intentareu dirigir-vos al seu pensament o al seu sentiment?

—Tot alhora. Caldrà pitjar cada un d'aquests ressorts.

—I no us en caldrà cap altre, de ressort?

—No. Amb aquests n'hi ha ben bé prou. Tota la resta és secundari.

—Us erreu, amic. Perquè un lloctinent de déu pugui impressionar les masses, cal que tracti d'excitar la seva imaginació. Totes les religions ben meditades comencen així. El pensament i el sentiment se subordinen d'una manera fàcil a aquesta necessitat primordial.

—¿Però de quins mitjans us valdríeu per estimular la imaginació de la gent?

—Utilitzaria els miracles. És un procediment segur, i dóna a la nova religió un crèdit inicial perdurable a través de moltes generacions.

En aquells moments em va semblar que Gorienko era un ambiciós que tenia un pla de domini perfectament traçat i que em necessitava a mi per jugar qualsevol paper secundari i obscur en el conjunt dels seus projectes.

—Bé, segons la vostra afirmació, tota la glòria de la nova religió us correspondrà a vós. De tot allò que em puc atribuir (la creació d'una religió eminentment civil), vós no n'aprofiteu res i tracteu de fer-me participar en la invenció d'una religió de tipus diví i celestial. En definitiva, quin càrrec em reservaríeu?

—Us ho diré d'una manera clara: jo seré el déu fet home i vós el meu profeta. Aprofitarem la vostra popularitat i les meves dots, en un aliatge extraordinari.

La proposició, feta amb una certa brusquedat, em sorprengué desprevingut. Per tal de refer-me i meditar una resposta, em vaig dirigir cap al balcó, per mirar els estels i respirar una mica d'aire lliure. Mentrestant, Gorienko havia encès una cigarreta i em contemplava somrient, com si estigués segur, d'antuvi, de la meva decisió.

—Però escolteu, Gorienko. Per què heu fet tantes llegües de camí per venir a trobar-me a mi, precisament? No us anava bé el vostre país per intentar l'experiència?

—Els meus compatriotes, en general, tenen poca imaginació, i els que en tenen, en tenen massa. A més, els soviets no han trobat la manera d'enquadrar les meves activitats dins de cap sindicat professional i m'han prohibit d'exercir. I he vingut aquí tant per vós com per les condicions del vostre país. Els indígenes són senzills i de bona fe; no tindrem la competència dels catòlics ni dels protestants; esteu en el període de grans gestacions, propici a les genialitats i a les provatures de gros volum. Tot està preparat per a la nostra intervenció.

—Us equivoqueu. La FAI no ens deixarà prosperar.

—He estudiat aquest problema abans de venir aquí. La FAI no tindrà res a dir-hi, perquè la nostra serà una religió sense capellans ni monges.

Gorienko resolia totes les objeccions amb la mateixa decisió. Això no obstant, jo no acabava de trobar la fórmula de sotmetiment a la voluntat de l'home déu.

—Apa, decidiu-vos. Amb el que us he proposat, només hi podeu obtenir guanys. Que potser en dubteu?

—No ho sé. Em sembla que tinc escrúpols.

Aleshores sí que Gorienko es va enfadar de debò.

—I ara! ¿Per això m'heu deixat portar les coses fins aquí? On voleu anar, amb els vostres escrúpols?

De fet, la proposició de Gorienko m'atreia irresistiblement i ell mateix exercia damunt meu una influència puixant. Vaig acabar per rendir-me:

—Bé. En principi estic d'acord a establir el pacte. Caldrà, però, que meditem profundament la manera de portar a la pràctica el projecte. Jo reclamo una llibertat absoluta en l'organització de tot el que sigui doctrinal i teòric.

Gorienko m'estrenyé la mà amb una espurna d'emoció.

—Ens podem trobar demà mateix per començar a cercar la manera d'iniciar la gran empresa.

S'adonà de sobte que tenia tard, com si ja hagués obtingut de l'entrevista tot el que n'esperava. Es va acomiadar a l'estil d'un gran senyor i sortí de les meves habitacions.

En tancar la porta darrera d'ell, i en girar-me, vaig descobrir l'horrible sopera clavada a la paret. Em va faltar temps per sortir al corredor i cridar:

—Gorienko! Gorienko!

Es va aturar, girant el cap i esbatanant els ulls, una mica sorprès de la meva barroeria.

—Us voldria demanar un favor: que feu desaparèixer la sopera i em retorneu el rellotge de pesos. El rellotge m'agradava molt.

—Sí, home. Ja ho podeu donar per fet.

En retornar a la meva cambra, la sopera havia desaparegut. El brandar sonor del pèndol em va omplir de joia les orelles i l'ocell de fusta em saludà, anunciant les vuit del vespre.

* *

Gorienko i jo congeniàrem de seguida. Ell tenia una superioritat efectiva, que se li atorgava sense esforç. El lector ja haurà comprès, pel gènere de miracles descrits, que Gorienko tenia un poder excepcional. No es tractava de cap prestidigitador fi, ni de cap poder de suggestió capaç de produir il·lusions en les persones que ell volia. Es tractava del poder de fer miracles, miracles de gran aparell, transcendentals, o bé, a voluntat del feliç operador, puerils i aparentment assequibles als faquirs menys ben dotats.

Amb Gorienko havíem parlat molt sovint de l'origen del seu poder. Sobre això, ell tenia una teoria que a mi també em va semblar bona. Es tractaria que la naturalesa, seguint una llei d'intervals i excepcions paral·lela a la que aplica en donar al món genis i monstres, crearia amb una certa coquinesa, fent servir els segles d'estacions, homes facultats per a fer miracles. Junt amb el seu do sobrenatural, aquests homes posseeixen una intel·ligència feta de la manera habitual, o sigui, confiant el seu menor o major grau de lucidesa a les normes o a l'atzar que serveixen per a dotar la resta dels mortals. Segons que aquest do de fer miracles correspongui a una intel·ligència superior, mitjana o inferior, tindríem déus, genis, sants, faquirs, gent en estat de gràcia, persignadors, mèdiums, etc.

Donant per bona aquesta explicació (com no pot ésser d'altra manera), ens trobaríem que en Gorienko havien concorregut una intel·ligència molt elevada i un do de fer miracles dels més puixants i dels més ben organitzats.

Algú s'imaginarà, donada aquesta situació i els antecedents que suposen les meves impressions de la primera entrevista amb Gorienko, que la companyia d'aquest era incòmoda, o almenys prou torbadora per a fer-la indesitjable. Res més lluny de la veritat.

Fins allí on era possible, Gorienko aparentava ser una bellíssima persona, normal, d'una normalitat superior i de bona mena. De qualsevol cosa que parlés, ho feia amb una gràcia i una agilitat que s'emportava els oients, del tot engrescats. Un conegut meu va fer parlant de Gorienko una frase de gust mediocre, que no obstant això reproduiré en honor a la seva exactitud: «Gorienko era un gran músic de la paraula i l'auditori el seu instrument.» El músic treia de l'instrument tots els acords i tots els efectes que volia.

El dia que m'explicà la seva idea sobre la facultat divina que posseïa, li vaig preguntar:

—I tu què et proposes esdevenir: déu, geni, sant, emperador?...

—Vull ésser déu. Un déu la memòria del qual es mantingui a través de moltes generacions d'homes i que marqui un rastre profund damunt la terra.

Va dir això amb tanta ambició, que m'esverà la possibilitat d'ésser profeta d'un destí tan ample. Però res no el podia obligar a desviar-se del camí que s'havia traçat i des de les primeres entrevistes projectà minuciosament tots els detalls de la seva estrena com a déu:

—Caldrà fer una demostració pública del meu poder, triant l'indret més cèntric i més gran de la vostra ciutat. Quin lloc m'aconselles?

—La plaça de Catalunya.

—Farem una propaganda moderna i meravellarem el poble amb un miracle ben espectacular.

Diverses vegades se m'havia ocorregut que Gorienko, amb el seu poder, no tindria cap necessitat d'assolir els seus desigs esperant que les circumstàncies fossin favorables, sinó que podria aconseguir qualsevol cosa mobilitzant els prodigiosos ressorts de la seva voluntat. Aquell dia, li vaig dir:

—Però escolta, Gorienko: si vols ésser déu, per què no fas un miracle que et posi de cop i volta tan enlaire com vulguis?

La seva cara s'entristí sobtadament.

—És que el meu do està subjecte a determinades limitacions. No puc pas fer tot allò que vulgui, sinó únicament allò que pot escaure a un déu. Puc obrar directament damunt la imaginació dels homes, però no pas damunt la seva voluntat. Aquesta, tan sols la podré fer meva per reflex, i m'obeirà només en el cas que jo la sàpiga treballar bé.

En aquella època, es veu que Gorienko no coneixia encara tots els recursos de les seves facultats, perquè més tard jo mateix vaig comprovar com, a vegades, manejava les voluntats humanes a gust seu.

A desgrat del seu convenciment d'haver estudiat les peculiaritats de la nostra revolució, l'home déu en tenia una idea equivocada i molt sovint demostrava un criteri errat i una visió pintoresca. Havia arribat a Barcelona preocupat per tot de coses insignificants, que a nosaltres, en aquella època d'evolució, ens semblaven liquidades per sempre. Per exemple, un cop haguérem concertat l'exhibició a la plaça de Catalunya, Gorienko es va preocupar de seguida d'obtenir el permís de la policia. Ignorava que emprendre's aquest requisit era perdre un temps preciós, i que si algú s'hagués proposat utilitzar l'esquena dels policies per a pintar-hi anuncis amb blanc d'Espanya, ho hauria pogut fer sense altra precaució que la d'encapçalar la propaganda amb un anagrama sindical.

Li vaig advertir aquest aspecte de les nostres conquistes revolucionàries i se'n va mostrar molt sorprès.

—Així, ¿per omplir la ciutat de cartells tampoc no ens caldrà cap permís?

—No.

—Magnífic! Demà mateix llançarem les primeres edicions.

Li anava a advertir que era humanament impossible que cap artista, i molt menys cap impressor, acceptessin un encàrrec amb tan poc temps per realitzar-lo, però l'instint m'avisà oportunament que Gorienko podia fer moltes coses que no eren «possibles».

Efectivament, l'endemà la ciutat aparegué engalanada

amb tres sèries de cartells molt atractius. Des del punt de vista de la tècnica del miracle, l'home déu havia reeixit d'una manera prodigiosa. Però no encertà pas la qualitat artística i cometé, encara, un considerable error de concepte. Els cartells, per la seva realització, semblaven la propaganda d'un il·lusionista decadent en viatge de varietats d'estiu. Un d'ells em representava a mi, vestit d'etiqueta i amb una gran capa. Als meus peus, hi havia un barret de copa abandonat. A la dreta del dibuix, una taula coberta amb un drap vermell i a sobre un got d'aigua i un gerro. El fons era d'un color negre-verd, i retallat darrera les meves espatlles, hi figurava el rostre vaporós de Gorienko. El text era evidentment desconcertant:

«Per intercessió de
JOAN GAELI
UN DÉU HA VINGUT DAMUNT LA TERRA.
JOAN GAELI
salvarà l'esperit dels catalans.
Acudiu diumenge vinent
A LES 11 DEL MATÍ
a la Plaça de Catalunya.»

Un altre cartell representava tots els vicis i les flaqueses dels homes en forma de dones despullades i pintades de colors llampants: grogues llimona, verdes, vermelles de sang de bou, morades, etc. L'home déu, de silueta perduda i torbadora, estenia una mà i anorreava tota aquesta plaga. Les lletres del cartell deien:

«El feixisme és un flagell
que el cel envia als catalans
per castigar els seus vicis.
Un
DÉU
ha vingut a Catalunya per
salvar els catalans.
Acudiu diumenge vinent
A LES 11 DEL MATÍ
a la Plaça de Catalunya.»

El tercer cartell era el més dolent. Gorienko i jo hi érem representats fent bracet. Jo estenia un braç i aixoplugava, amb la meva horrible capa, el perfil de Catalunya, que semblava retallat en suro. Gorienko, que no sé per quina rara fantasia anava vestit com un trapezista de circ, posava la mà plana damunt el mapa i hi projectava un raig de llum. Damunt d'ell hi havia un àngel gras, volant enlaire i sostenint una corona d'estels. La llegenda deia:

«JOAN GAELI
presentarà un déu als
CATALANS.
Acudiu diumenge vinent
A LES 11 DEL MATÍ
a la Plaça de Catalunya.»

Heus ací com s'imaginava Gorienko la propaganda moderna. La contemplació d'aquests cartells, prodigats increïblement, em va produir un dels disgustos més grans de la meva vida. Em semblava que la meva reputació es perdria sense remei, compromesa en un afer d'estupidesa publicitària. Em volia barallar amb Gorienko, trencar-hi per sempre, però abans que jo tingués temps de formular una sola paraula, Gorienko va sortir al pas de la meva indignació:

—No tens raó, home. Aquesta mena de cartells són els que el públic s'estima més. No distreuen la seva fantasia en l'esforç d'interpretar la idea de l'artista i concentren tota la imaginació de l'espectador en el succés anunciat. A més, ¿tu creus que si Jesucrist hagués pogut fer la publicitat de la seva religió valent-se de cartells, els hauria encarregat a artistes d'aquests que anuncien una pasta per a les dents dibuixant un gran ull de color blau, que sembla la planta d'una barca?

Li vaig respondre preguntant quina relació tenia Jesucrist amb el nostre afer i repetint unes afirmacions sobre l'art del cartellisme que havia llegit en un article del professor H.K. Frenzel, publicat a la revista «Gebrauchsgraphik».

Però tot plegat no va servir de res, perquè els cartells van tenir un gran èxit de divulgació, i al cap de dos dies tothom en parlava i es feien els comentaris més diversos sobre la presentació de l'home déu.

Des del principi, Gorienko i jo havíem coincidit a trobar molt necessari que visquéssim junts. En conseqüència, ell s'havia traslladat a l'Hotel Internacional i ens passàvem la major part dels dies introduint millores al projecte de la nostra gran estrena. A mi se'm va ocórrer de seguida que, per presentar-se davant del poble, l'home déu no podia anar vestit com un mortal qualsevol. Ell també va trobar que aquest detall era realment obligador, però no acabàvem d'encertar el tipus d'indumentària que pogués escaure de debò a un personatge tan excepcional.

Durant els cinc dies que ens separaven del diumenge memorable, Gorienko s'emprovà els vestits més diversos. Començàrem, a suggerència meva, per assajar la disfressa del «ball dels cercolets», de la Festa Major de Sitges: camisa i pantaló blanc, aquest darrer cenyit al turmell, un mocador vermell gran, lligat a la cintura en forma de davantal o de faldilla, i un barret de palla amb una corona de flors. Però abillat així, l'home déu tenia un aire frívol que no li esqueia gens.

Després, foren provats diversos vestits regionals, sempre amb la mateixa poca fortuna. El professional que ens orientava en aquesta tasca enutjosa ens va convidar a fer l'experiència amb els uniformes que duien els antics macers de l'Ajuntament, però dintre aquell figurí tan ample la figura petita i prima de Gorienko perdia tota la consistència.

Ens veiérem obligats a coincidir en la necessitat de crear un model original, a base de tenir en compte tots els imponderables. Vestírem l'home déu amb una mena de gavardina llarga fins als peus, de color blau ultramarí, amb el coll alt i tancat sota la barba. Sabates de xarol, mitjons de seda negra i, molt cenyida al cap, una petita boina del mateix to de la gavardina. A desgrat de tot, vestit així Gorienko no donava encara la sensació de plenitud, de cosa resolta i assolida. Se'l veia una mica inexpressiu, desemparat, manifestament desproveït d'*alguna* cosa. Li provàrem una infinitat de complements més o menys útils: un bastó de jonc sota l'aixella, ulleres per protegir-se del sol, botines, ensenyes a la boina, anells, braçalets d'identificació, etc. Però el que li va anar bé del tot va ésser un monocle. Allò sí que destruïa del tot aquella impressió d'incertesa que he descrit primer. Austerament vestit i amb el monocle, la imatge de Gorienko era del tot fidel a la seva llegenda.

Algú trobarà absurd l'uniforme que triàrem per a l'home déu, fins ridícul i tot, i potser serem acusats d'haver descurat l'harmonia entre les peces per haver fet participar en el mateix conjunt una boina i unes sabates de xarol. No obstant això, és arriscat aventurar cap judici sense conèixer Gorienko. Aquelles peces li anaven bé del tot, sense saltar els límits de la discreció ni autoritzar ningú a judicar que havíem excedit la mesura. Reconec que en una altra persona, el mateix vestit hauria provocat la hilaritat, potser, o merescut opinions altament desfavorables. Però això no ens preocupà gens, aleshores, perquè de fet aconseguírem plenament el nostre objectiu.

El lector es deu haver preguntat com havíem muntat l'economia del projecte comú. Això necessita una petita explicació a part.

Gorienko tenia poder per crear moneda. Però no pas moneda falsa, identificable d'una manera o altra, sinó moneda de debò, amb les xifres corresponents a sèries reals quan es tractava de bitllets, i amb un encuny perfecte, autèntic, quan es tractava de peces metàl·liques. Cal dir, en honor de l'home déu, que si l'hagués preocupat únicament el seu benestar, podia ésser perfectament feliç en qualsevol país del món. Li calia només estendre la mà amb el puny clos, concentrar-se breument i, en obrir els dits, mostrava damunt el palmell un moneda d'argent de cinc pessetes. Ho podia fer tantes vegades com volia.

He de confessar que, al principi, aquesta facultat de Gorienko em va semblar d'unes possibilitats enormes. En fer-me la demostració per primera vegada, devia descobrir en la meva cara una expressió d'egoisme tan gran que el va colpir, i m'oferí crear a profit meu tantes monedes com em fossin necessàries.

Posar al nu els meus sentiments, quan no els puc controlar d'una manera absoluta, m'ha avergonyit sempre molt més que la nuditat del meu cos davant d'estranys. En aquella ocasió, en la qual Gorienko m'oferia omplir de peces d'argent els armaris, els calaixos, les coixineres, les maletes, etc., em vaig sentir molt humiliat. El meu refús va ésser gairebé violent i Gorienko en va quedar molt afectat. Després, per tal d'atenuar l'efecte d'unes paraules dites sense meditació, improvisava un pretext versemblant, que jo mateix vaig trobar sincerament bo, molt abans que l'home déu pogués trobar-l'hi.

—Escolta, Gorienko: no puc acceptar el teu oferiment per moltes raons. Però una sola seria prou per a demostrar el risc de l'exercici de la teva generositat. En aquest període de la nostra revolució, les fortunes són controlades amb una precisió admirable. Una que sorgís del nores, com la que m'ofereixes, despertaria moltes sospites, i jo tindria un tant per cent molt crescut de probabilitats de fer la meva estrena com a milionari hostatjant-me al convent de sant Elies.

»A més (i en dir aquestes paraules vaig redreçar el cap i inflava d'aire els meus pulmons tant com podia), els diners no tenen per mi més valor del que tu els concedeixes. Jo també he muntat les meves il·lusions damunt d'una altra base.

Gorienko es va emocionar força. Avançà un peu d'una manera solemne i m'agafà una mà fortament. Des d'aleshores, ultra la nostra relació purament comercial, segellàrem el pacte d'una gran amistat. No obstant això, a desgrat del nostre menyspreu pels diners, ens calia justificar uns ingressos que ens fessin possible portar una vida confortable sense desvetllar suspicàcies.

Aleshores manllevàrem als catòlics els seus recursos de recaptació. Ens proporcionàrem estampes on l'home déu i jo figuràvem en les actituds més diverses, petites figures de guix i de cera a base dels mateixos temes principals, i medalles metàl·liques en forma d'ensenya per portar al trau de la solapa o d'agulla per lluir damunt del pit de les dones. A més, dúiem unes caixetes tancades i precintades, amb una obertura discretament ampla i una inscripció que deia: «Recursos per a sostenir i propagar la Nova Religió.»

Ocupats a arrodonir tots aquests detalls, el dia de la presentació davant el poble ens va arribar molt de pressa. Gorienko es mostrava serè, i segur d'ell i de mi, però jo no podia compartir el seu aplom. En el fons, em feia l'efecte que els ciutadans encara no estaven prou madurs per intentar l'experiència. L'única cosa que em conhortava, enmig dels meus dubtes, era la idea que, si les coses anaven malament, l'home déu ho salvaria tot fent un miracle.

El diumenge de la prova, poc abans de l'hora assenyalada, Gorienko i jo sortírem de l'Hotel Internacional. De grat o per força, m'havia vist obligat a abillar-me amb una capa com la que Gorienko m'havia atribuït en una gran part dels cartells escampats per la ciutat. En el que no havia volgut transigir de cap manera fou a posar-me també el barret de copa. Tot al més que va aconseguir Gorienko fou que em posés un barret fort de color negre, sorgit del no-res després d'un magnífic gest de braç del meu amic.

És va entestar a fer el camí cap a la plaça de Catalunya a peu, amb el pretext que la nostra presència pels carrers de Barcelona constituiria un poderós reclam. La quitxalla ens va començar a seguir; després s'hi afegiren les minyones i els refugiats, i al cap de poca estona de caminar ens voltava una nodrida multitud.

Gorienko no s'immutava gens. Es va comprar «La Humanitat» i la llegia amb els fulls desplegats, fent-ne ostentació. A mi em va semblar que allò no anava gens bé amb el paper que representàvem.

—¿Vols dir que és bo, per a un déu, llegir el diari pels carrers?

—No sóc pas un déu simple, estimat Gaeli. No oblidis mai que sóc un home déu. Trobo que això m'escau perfectament.

No em va convèncer pas. A més, el fet de llegir l'òrgan d'un partit polític em feia l'efecte que ens comprometia innecessàriament. Per altra banda, però, tampoc no el vaig poder convèncer a ell, i continuà llegint i donant a l'amplada de les pàgines tot el rendiment. Moments després, la seva cara s'animà, va plegar el diari i me'l transmeté convidant-me a fixar la meva atenció damunt d'un punt concret. La nota que m'assenyalà Gorienko deia:

«Un truc publicitari de gran rendiment.

»*De totes maneres, protestem*:

»Els nostres lectors ja coneixen els cartells del taumaturg de Joan Gaeli, prodigats d'una manera excessiva, fins i tot tenint en compte allò a que estàvem acostumats.

»Deixant de banda el fet que Joan Gaeli hagi barrejat el seu nom en un espectacle de barraca (d'això ja en parlarem més extensament quan tinguem millors elements de judici), fem constar la nostra repulsa per un procediment tècnic desconegut fins ara a Catalunya i que ha estat usat en els cartells esmentats.

»Es deu tractar d'un vernís especial, o, potser, d'una mena nova de tintes litogràfiques. En un cas o en l'altre, o que fos encara per un tercer procediment, es tracta que els cartells així preparats no admeten al seu damunt l'enganxat d'altres cartells. Tots els que, essent editats ulteriorment, han estat col·locats tapant els que anuncien l'absurda presentació de l'home déu, s'han desprès de la superfície plana i han caigut a terra. Els cartells del *gran espectacle*, doncs, romanen a la vista del públic, contra els drets de carrer més elementals.

»A la denúncia que inevitablement formularan els organismes perjudicats d'una manera directa, unim la nostra, enèrgica fins allí on calgui que arribi l'energia per evitar aquest abús.»

Em va impressionar molt que es comentés amb reserves poc cordials la meva intervenció en aquell afer. Tots els dubtes que se m'havien ocorregut respecte a la correcta administració del meu prestigi s'agombolaren aleshores en una preocupació única, que tornava pels furs i el bon nom de Joan Gaeli.

—Ho veus, Gorienko? «Un espectacle de barraca»! Tenia raó jo.

—No és pas veritat. L'autor d'aquesta nota hi entén tan poc com tu mateix. Però no és pas això el més notable. El més notable és que el comentarista hagi atribuït el prodigi als recursos de la tècnica.

Gorienko estava de molt bon humor. Tenia l'aire d'extreure de l'atmosfera tota la bonhomia del bon temps llatí.

—Hi creieu molt, en la tècnica, els catalans?

—No pas gaire, Gorienko. La trobem útil i respectable. Això és tot.

Es veia clarament que no sabia ben bé si calia o no aprovar aquest tarannà dels catalans, però l'home déu estava en disposició de sospesar totes les coses pel seu caire favorable i brandà el cap en senyal de propícia conformitat.

La plaça de Catalunya tenia un dels seus dies millors. Semblava que tota la llum del món s'hi hagués abocat, per esbargiment i gaudi dels ciutadans. Els coloms exhibien el seu aire més civil i cada cosa ocupava el seu lloc amb tanta dignitat que sorprenia. La multitud havia atret els petits venedors, i la gent menjava xufles, cigrons salats, pomes voltades de caramel, moresc obert i preparat com tofes de neu. Un xinès escampava ventalls policroms per tota la plaça, que s'anava marcant de gotes de color viu.

L'home déu estava encisat.

—¿Les vostres festes majors són tan boniques com això, Gaeli?

—N'hi ha que ho són més, Gorienko.

La gent ens anava obrint pas encuriosida. Fórem identificats immediatament i, d'antuvi, el meu vestit burgès desplagué al poble. No vaig ésser pas reprovat d'una manera ostensible i barroera, sinó que podia llegir la censura quieta i fina en el rostre de cada ciutadà.

És evident que el poble estima en els déus i en els profetes la condició de pobresa, ben reflectida i expressada en les peces de la seva indumentària. En això, doncs, també havíem errat. Cada una d'aquestes constatacions aprimava més la seguretat del meu estil, fins acabar en una mena de descoratjament que em feia desconfiar àdhuc dels recursos coneguts i provats.

Gorienko recorria molt segur els passadissos formats per la cortesia de la gent, cercant un lloc elevat des d'on les nostres persones adquirissin el relleu necessari. Escollí l'ampla barana d'un brollador, damunt la qual el cap d'ell i el meu sobresortien notablement dels de la resta de ciutadans.

—Què farem primer: els miracles o el discurs?

—El discurs, home. Cal preparar el terreny perquè els miracles donin tot el rendiment.

Veient les coses i les persones des d'una posició prominent, vaig recobrar d'una manera notable el meu domini. La multitud estava realment interessada, i ens contemplava amb un silenci que, de fet, significava que ens havia atorgat un marge de confiança. Sota un cel clar i llis, que revelava generosament el secret de l'infinit, davant d'un fragment de poble atent i respectuós, vaig pronunciar les següents històriques paraules:

«Ciutadans, catalans tots: ens hem reunit aquí per tal de donar entrada a un d'aquests moments crucials que transformen el món. Ja sabeu que cada vegada que la humanitat ha comès un gran tort, el cel ha enviat al món un déu o un sant per corregir-lo. No murmureu (s'havien sentit rumors). No es tracta del cel que us penseu, ni respon a la idea que us n'havieu format. Poble de Catalunya: pel que fa referència a la condició del cel, t'han enganyat. T'han enganyat els uns i els altres.

»Avui que la marxa del món som nosaltres, i que els nostres errors i els nostres encerts són els encerts i els errors del món, el cel ha enviat un déu a Catalunya. No és pas, enteneu-ho bé, que hàgim obrat torçadament (afirmant la rectitud del poble, nombroses persones havien exterioritzat la seva posició). Es tracta de la presència d'un guia espiritual que ens conduirà fins al Triomf final.

»Siguem confiats, catalans. Es tracta d'un déu que no s'oposarà a les vostres conquistes revolucionàries, ni al funcionament dels nostres sindicats, ni tan sols a la desaparició de les monges i dels capellans. Es tracta d'un déu procedent de la URSS, pàtria dels proletaris, un déu liberal i raonable, que es farà càrrec de les coses i no us vindrà mai amb càstigs ni amb imposicions.

»¿Us adoneu, ciutadans, de la benedicció que representa per nosaltres la presència d'un déu així? Què no donarien els feixistes per rebre de part del cel una atenció tan assenyalada! Però ells no l'obtindran mai, una cosa com aquesta, perquè estan tan divorciats del cel com de nosaltres.

»Ara bé, catalans: si la qualitat de déu i d'emissari del cel no portés aparellada la necessitat d'haver d'acreditar aquesta doble condició divina, qualsevol impostor es podria erigir en déu.

»Però el nostre déu no ho és, un impostor, catalans! Aquest déu tan humà i tan assequible, que ve amb la missió d'evitar-nos tot allò que ens pugui enutjar i de concedir-nos tot allò susceptible de complaure'ns, pot demostrar en qualsevol moment la seva procedència sobrenatural. I us la demostrarà. Us la demostrarà ara mateix, manejant el do que ha de posseir tot déu veritable: el do de fer miracles.

»Atenció, catalans! El vostre déu us evidenciarà d'una manera palpable la seva naturalesa divina.»

La multitud va rebre les meves paraules sense immutar-se gaire. Estaven acostumats que se'ls vengués una estilogràfica de dues pessetes dient-los que era d'or i que en valia vuitanta-cinc, i que per tal que el venedor pogués fer aquella oferta havia calgut que diversos fabricants pleguessin les seves fàbriques. Es creien estar al corrent de tots els trucs de l'oratòria ambulant i tenien un gran punt a no deixar-se enganyar. Els que tenien paperines a les mans i menjaven alguna cosa no van pas deixar de mastegar, i eren precisament els que em miraven d'una manera més mofeta. Gorienko va preparar amb una gran rapidesa la seva intervenció. Havia donat una ampla mirada circular de domini damunt la gent, i qualsevol observador regularment sagaç podia endevinar que en aquells moments improvisava el primer miracle. Em va acostar els llavis a l'orella:

—Gaeli: digues al poble que, sense moure'm d'aquí, faré canviar de color la façana de l'edifici de la Telefònica.

Vaig anunciar el prodigi, donant a la meva veu un to de cap de pista de circ que no em plaïa gens.

Els ciutadans es giraren d'esquena a nosaltres. Amb un moviment regular, disciplinat, la mitja tinta dels rostres desaparegué del nostre esguard, i el gris de la multitud s'enfosquí. Gorienko estengué les mans. Lentament, com un efecte de llum d'exposició internacional, la façana escollida es tenyí d'un color verd de poma, uniforme i estirat com un esmalt dels bons. Després, en mutacions ràpides, la façana s'engalanà amb els següents colors: roig de saturn, groc de crom, cendres verdes, blau cel, siena cremada i, finalment, amb una mena d'irisat d'un gran efecte decoratiu.

Per si això pot ésser d'utilitat a algú, m'escau declarar aquí que pintada de color groc de crom, la Telefònica resultava molt afavorida i guanyava en presentació i en qualitat.

El miracle va ésser executat amb un coneixement de l'ofici tan prodigiós que a mi mateix, que estava obligat a no exterioritzar cap sorpresa, se'm va omplir la cara de plecs de meravella. Esperava que el poble, convençut sobrerament de la nostra importància, s'agenollaria als nostres peus amb els ulls plens de llàgrimes i ens resaria la primera oració. Jo estava convençut, aleshores, que això era el menys que es podia esperar del poble.

Però la gent no reaccionà pas així. Tothom es girà cap a nosaltres i ens fou dedicada una xardorosa ovació. Veus de: «Molt bé, molt bé!» i «Això és un treball fi. Bravo!» sortiren d'ací i d'allà i es repetien des de cada angle de la plaça. Sense que ho poguéssim evitar, Gorienko i jo ens sorprenguérem fent unes grans reverències, agraint el favor del públic d'una manera estúpidament normal. Quan els aplaudiments cessaren i la gent palesà que esperava més coses de la nostra habilitat, Gorienko m'adreçà una mirada per explicar-me que ell també estava una mica sorprès.

—Què farem, ara?

—Hauríem de fer un parell de miracles més. Els esperen.

Gorienko meditià durant un instant i em digué:

—Demana'ls que mirin enlaire. Provaré de treure partit dels coloms.

L'anunci fou acollit amb una visible complaença. La gent alçà el cap i quan Gorienko va fer volar el primer estol tothom estava a punt. Els coloms dansaven i s'ordenaven a ple vol d'una manera rítmica. Un poder cal·ligràfic dirigia les seves evolucions i marcaven damunt el blau del cel figures ben clares i entenedores. Alternaven els temes vulgars, de tatuatge de mariner, com àncores, cors travessats per sagetes, flors, etc., amb temes simbòlics, com un estel de cinc puntes, l'escut de la Generalitat i la falç i el martell. Una de les vegades, els coloms es dividiren en dos grups. El grup de l'esquerra s'agità fins a dibuixar una creu gammada. El de la dreta va formar la figura d'un puny clos que, brandant amenaçadorament, descarregà un cop damunt la creu i la va desfer a bocins.

El poble exterioritzà l'entusiasme amb un crit que va omplir tota la plaça i una ovació molt més enardida i duradora que la primera ens fou adreçada com a premi. Mentrestant els coloms havien sentit afluixada la tensió de la voluntat que els dominava, i volaven d'una banda a l'altra, una mica a la impensada.

Gorienko va junyir-los la línia invisible i s'arrenglera-ren novament. Per arrodonir aquell miracle, i acabar-lo d'una manera reeixida, l'home déu tingué una idea molt densa i treballada: anava convertint els coloms de debò en coloms de marbre. A mesura que el canvi es produïa, les figures de marbre queien aplomadament a terra i la multitud els feia lloc obrint clarianes. A cada clariana, s'hi formà una font de pedra amb un grup escultòric de coloms a dalt.

L'adhesió popular fou expressada aquest cop amb tota mena de crits i de sorolls. La massa estava engrescada de debò. Estimulat per l'èxit, Gorienko va preparar ràpidament un tercer miracle.

Pels coneixements que tinc, i per les coses que he llegit, puc afirmar ara que a través dels segles, totes les persones que han tingut el do d'obrar prodigis sobrenaturals han sentit una gran predilecció a expressar el seu poder transformant la naturalesa dels éssers i les coses. Persones de carn han estat convertides en figures de sal, bastons en serps, donzelles i prínceps en ocells, frares de Montserrat en óssos, àngels en dimonis, etc. L'home déu no estava pas immunitzat contra aquesta inclinació. Em va posar una mà a l'espatlla i digué:

—Anuncia a la gent que ara et convertiré a tu en una cadira. Farà molt bona impressió.

No vaig compartir gens aquesta opinió de Gorienko, i anava a oposar objeccions molt encertades per impedir un experiment tan arriscat, quan l'home déu, fent un gest d'impaciència i deixant de banda totes les consideracions, em convertí realment en una cadira. Pocs homes en el món —d'això n'estic ben segur— deuen haver passat per una experiència semblant. La meva consciència no havia estat afectada per la transformació i m'adonava de les coses. Vaig sentir els ciutadans, aprovant la feta com si de veritat tingués molta gràcia, i tenia ben viva la por de quedar per sempre més fent de cadira.

Per naturalesa, sempre he estat bellugadís i nerviós, i en aquells instants que va durar el *meu* miracle, sentia travades totes les convulsions que el cos em demanava per la rigidesa de la fusta. Alguna part de la meva anatomia que corresponia a una pota del davant de la cadira em feia una picor insuportable, i no tenia mans per gratar-me ni res que, en el nou estat, les pogués substituir. Gorienko tingué, encara, una nova idea dissortada: es va enfilar damunt meu per tal de saludar els espectadors. La part de la meva ànima corresponent al ventre devia haver anat a parar al seient de la cadira i els peus del meu amic em feien molt mal. Quan volia cridar, no em sortia altra cosa que un grinyolar de juntures, el qual, en lloc de tranquil·litzar-me em feia témer que em descompondria en peces d'un moment a l'altre.

Quan un moviment de Gorienko em retornà el meu aspecte i els meus drets de ciutadà, ja era hora de dinar i la gent començava a desfilar, molt satisfeta d'haver assistit a una exhibició tan interessant. El meu amic estava desolat per l'escampada de la multitud, i em pregà que parlés a fi de retenir-la.

Les meves paraules no serviren pas per a mantenir l'atenció del poble, sinó tot al contrari. Convençuts que després del discurs vindria la sol·licitud per part nostra d'una compensació en metàl·lic, els ciutadans acceleraren la retirada. En poca estona, l'home déu i jo quedàrem gairebé sols.

En baixar de la barana del brollador, Gorienko em digué:

—Estic una mica desencisat. Els miracles han estat tan celebrats com vulguis, però em fa l'efecte que ens han pres per altres.

—A mi també m'ho sembla.

Caminàvem cap cots, i estàvem a punt d'abandonar la plaça pel cantó de Canaletes, quan un guàrdia públic ens aturà amb uns grans crits.

—Feu el favor de treure aquestes fonts de marbre, que no ens feien cap falta, i retorneu-nos els coloms. Altrament, us faré agafar per les Patrulles de Control!

Gorienko estirà el braç, amb una mica de desmenjament, i les fonts desaparegueren. Els coloms, alliberats de la seva forma marmòria, emprengueren el vol joiosament. Mentre ens allunyàvem, el guàrdia encara anava rondinant:

—Com hi ha món! Fa molt bonic, això de fer servir la plaça d'escenari i després abandonar els trucs perquè els altres tinguin cura d'arreplegar-los!

IV. La trista condició de les ciutats

De bon matí, Gorienko havia vingut al meu departament, i es passejava a grans gambades d'una banda a l'altra.

—Imagina't el drama del Fill de Déu fet home si, en realitzar el miracle de la multiplicació dels pans i els peixos, no hagués aconseguit altra cosa que engrescar la multitud, de la mateixa manera que s'hauria engrescat amb una lluita de gladiadors!

Em parlava amb rancúnia, con si em considerés la causa de la frivolitat dels meus conciutadans.

—Fes-te'n càrrec, Gorienko. És possible que la revolució i la guerra hagin trasbalsat el poble. Ja saps que en aquests casos tots els valors sofreixen una transformació profunda.

—No és pas això, no. Les causes del mal són més antigues i duradores. Aquesta experiència no ha servit per altra cosa que per a demostrar-me la raó d'una idea que no m'atrevia a donar com a absolutament bona: que la gent de la ciutat està deshumanitzada. En una ciutat no es viu pas com a persona, sinó com a elector, com a contribuent, com a part integrant de xifra d'estadística.

—Aquest pensament és una mica fàcil, Gorienko. I molt usat, per altra banda. A mi, més aviat em sembla que és que els homes han exhaurit les seves possibilitats de meravella i s'han tornat candorosos. Davant dels prodigis, de la realització de l'«impossible» oficial, mostren la mateixa indiferència que la que un infant de quinze mesos dedica als progressos de la química.

—Si això fos exacte, totes les coses d'aquest món anirien amb una gran simplicitat. I no és pas d'una manera simple com s'ha situat la vostra premsa, per exemple, enfront dels meus miracles.

Realment, la nostra premsa va adoptar una actitud curiosa, en aquella ocasió. L'home déu s'hi va preocupar molt. Havia comprat tots els diaris barcelonins i els tenia escampats damunt la meva taula:

—¿Els guardeu per sempre, els vostres diaris, en alguna banda?

—És clar, home. Com a tot arreu. Tenim l'Arxiu Històric de la Ciutat, i les nostres hemeroteques.

—Quina llàstima! Una gesta tan notable com la meva passarà a la posteritat adulterada i mal compresa.

Per aquell temps, jo ja havia concedit un ample marge de confiança a les possibilitats de Gorienko, i em semblava mentida que es preocupés per certes petiteses.

—¿Però no podries fer un miracle de gran envergadura, tu, influint en l'enteniment dels periodistes?

—És arriscat. Per una cosa així, em van expulsar de Polònia.

—I així i tot. ¿No t'era possible modificar d'un cop de talons a terra el tarannà de Polònia?

—No, Gaeli, no. Hi ha un límit més enllà del qual no puc passar. No és tan brillant com sembla, la vida d'un déu. Per damunt de la meva voluntat, estic subjecte a una missió determinada.

Ara i adés, en el transcurs de la conversa, Gorienko s'aturava a rellegir els articles dels diaris, marcats amb grans ratllades de blau. Per evidenciar fins a quin punt era legítim l'enuig de l'home déu, caldrà que el lector conegui els comentaris que la premsa dedicà als miracles del diumenge anterior. Els reproduiré fragmentàriament, en un ordre més o menys relacionat amb la seva importància:

«La Publicitat»:

«Sovint invoquem, en presència d'un nou invent o d'una nova descoberta, la memòria dels nostres avis. No gaire segurs de si el valor de la nostra admiració correspon exactament al valor del prodigi que contemplem, voldríem conèixer l'opinió d'un espectador menys previngut, amb la naturalitat no adulterada pels progressos de l'electricitat, de la mecànica, de la física. Ens preguntem: "Què dirien, els nostres avis, si podien veure una cosa tan notable?" En realitat, mancats de coses a dir nosaltres mateixos, ens interessem pel que podrien dir els nostres avantpassats.

»I és que, en certs ordres, progressem d'una manera desenfrenada, en les petites com en les grans coses, i la nostra admiració no pot donar l'abast. Davant l'excepcional il·lusionista que ens presentà abans-d'ahir Joan Gaeli, tots els tòpics elogiosos queden al descobert i mancats de contingut. Si poguessin contemplar aquest home que us fa veure la façana de la Telefònica pintada de diferents colors, que fa fer als coloms de la plaça de Catalunya coses increïbles i que, finalment, pot donar al seu company l'aparença d'una cadira, què dirien els nostres avis? Els nostres avis, acostumats a les meravelles de l'il·lusionisme tradicional, dels jocs de cartes i de les capses de doble fons, a tota la *machine* deliciosament infantil i pintoresca!»

«Treball»

«Per als que pretenen que la URSS, la gran pàtria del proletariat mundial, té l'ànima resseca i viu només pel maquinisme i per la supervaloració de l'esforç físic, presentem l'exemple d'aquest formidable camarada soviètic, Miquel Gorienko, que constitueix un testimoni vivent de com, sota el guiatge gloriós de Stalin, el pare dels treballadors, el país dels soviets estima les diversions i prepara excepcionals tècnics de l'espectacle.

»Un temps hi hagué en el qual els il·lusionistes eren uns objectes d'importació, que venien invariablement d'Itàlia o d'Alemanya. Fins els accessoris que portaven, complement indispensable de l'il·lusionisme heroic, duien gairebé sempre gravades les paraules "*made in Germany*".

»Avui les coses han canviat. Ha sorgit a Europa una gran democràcia obrera, i d'allí ens vénen les millors locomotores, els millors avions, les gestes més sublims. I d'allí ens ha vingut, també, el millor il·lusionista del món. Sense accessoris, a ple aire, voltat de gent, Gorienko ha realitzat una exhibició que els ciutadans recordaran, durant molt temps, com una de les coses més bones que s'han presentat a Barcelona.»

«Diari de Barcelona» (Estat Català):

«L'exotisme s'ha emparat de Catalunya. Ho hem denunciat diverses vegades i ningú no ha fet cas del perill. Pretenen moltonitzar-nos sota noms exòtics. Són exaltades gestes estrangeres. Són venerats, en efígies desproporcionadament grans, homes que no han representat mai res a Catalunya. On anem a parar? Fins quan aquest home grotesc que es diu Joan Gaeli ha tingut la pensada de presentar-nos un déu, ha hagut de recórrer a un déu soviètic. Un déu perfectament humà, una mica efeminat, que fa jocs de mans de gran estil, realment notables, però que es resigna a fer-los sota l'etiqueta de miracles sobrenaturals. Caldria fer entendre a Joan Gaeli que el carrer no és un lloc propici a les genialitats individuals. La descoberta de Gaeli és molt apreciable i nosaltres no tenim cap inconvenient a reconèixer que Miquel Gorienko és un artista extraordinari. Però ens sentirem molt més inclinats a certificar els seus mèrits quan es resolgui a exhibir-se en un marc més adequat. Com, per exemple, al Teatre Olympia.»

«Catalunya» (CNT):

«La contrarevolució avança, i va prenent cada dia noves posicions. No diem aquestes paraules perquè sí. Hi ha una colla de símptomes que confirmen les nostres temences.

»Velles fórmules que semblaven desaparegudes per sempre reviuen amb més força que mai, i els obrers revolucionaris es veuen obligats a abandonar posicions conquistades amb la generosa sang confederal i anarquista.

»Hi ha coses que semblen insignificants, però que tenen una gran importància pel que representen. Ens referim, en aquest cas concret, a l'espectacle que va organitzar ahir a la plaça de Catalunya Joan Gaeli. Ens afanyem a reconèixer que l'espectacle, en ell mateix, fou reeixidíssim i digne de veure. Però per què —preguntem nosaltres— es valgué Gaeli del recurs de suggestionar la multitud parlant d'una naixent religió? ¿És que es considera que la situació torna ja a ésser favorable a l'ús d'aquests narcòtics, que distreuen el poble de la ferotge reacció burgesa? Ens temem que sí.

»Però cal que vigileu. Oblidar que la CNT i la FAI vetllen per la puresa de la revolució espanyola significa tancar els ulls a la realitat.»

La premsa anodina —en aquell temps no hi havia premsa independent— caigué pel seu cantó municipal. «La Vanguardia» dedicà un article molt documentat establint la comparació entre la gran quantitat de parades ambulants que hi havia a Barcelona, les barraques de fira i l'espectacle públic presentat per «aquest singular Joan Gaeli». Això no obstant, per bé que discrepessin en la manera d'enfocar el cas, tots els periodistes estaven d'acord a afirmar que Miquel Gorienko hauria pogut ésser l'eix d'un bon programa de circ.

L'home déu acostà una cadira a la meva i s'assegué.

—M'he equivocat, Gaeli? ¿No serà possible fer res amb els teus conciutadans?

—Sí, home. Cal fer-los veure la importància de l'assumpte. El que passa és que no se n'han adonat. Tenen moltes preocupacions, i a vegades no els és possible concedir la deguda atenció a les coses.

Iniciàrem un silenci en el curs del qual l'aire i les coses que ens voltaven prengueren el lloc que els corresponia. Un raig de llum descansava damunt de Gorienko, i part de la seva silueta m'oferia el secret d'una transparència més clara que la llum mateixa. Aquella carn translúcida, sota la qual no corria la mateixa sang que dóna vida als humans, em produí una sensació de fred tan precisa, que les dents em tremolaren.

Gorienko alçà la mirada i fixà tot un moment de la meva existència amb un cop d'ulls. Nerviós com era (el jove déu soviètic no tenia pas la placidesa dels bons déus), s'arrencava l'esmalt de les ungles i mastegava les fines làmines de vernís amb un gest de llavis d'ajut a la meditació. Contemplant-lo, no podia sostreure'm a la suggestió de la seva feminitat. Era una suggestió complexa, molt allunyada del to primari que fins aleshores havia tingut la meva vida interna.

El silenci em feia sentir més desemparat enfront del poder de Gorienko. D'una manera desesperada, plorant per dintre, vaig sentir la necessitat de parlar, d'escoltar la meva pròpia veu i trencar la imposició d'una força tan desproporcionada a la meva.

—Gorienko, escolta. Ja fa hores que t'ho volia dir. No ho facis mai més, això de convertir-me en una cadira, o en el que sigui. T'ho prohibeixo del tot. Si insistissis, em veuria obligat a trencar el compromís.

El pensament de l'home déu retornà a mi venint de molt lluny.

—A vegades és convenient, Gaeli. Cal que t'hi acostumis. No et pot passar res de mal.

—Bé, no ho veig tan clar com tu, això. Suposa que, tenint-me convertit en un objecte qualsevol, t'agafés un atac i et morissis de sobte. Hauria fet un negoci ben galdós jo, oi?

—Si això que tu dius pogués succeir, retornaries automàticament a la teva condició normal. Per altra banda, cal que tinguis en compte que jo no em puc morir així com així.

Però a mi no m'interessava de cap manera comprometre'm en un afer obscur, poc provat, l'error de qualsevol ressort del qual em podia convertir en un balancí per tots els dies de la meva vida.

—Mira, m'estimo més parlar amb franquesa. Em nego «del tot» a repetir aquest joc. Si tu creus que és necessari que el realitzem, llogarem algú que em substitueixi en el cas concret de les transformacions.

En aquell moment, sentírem un truc a la porta. La serventa ens anuncià una visita; segons la targeta, un delegat del Comité Econòmic del Teatre.

—Què et sembla, el rebem?

—És convenient. Tenim necessitat d'ésser sociables.

El delegat es detura al llindar de la porta. Un dels batents havia quedat obert, per la qual cosa ell i nosaltres ens vèiem perfectament. No obstant això, trucà amb els dits.

—Es pot passar?

—Apa, home!

—Amb permís.

Era una d'aquestes persones que, per damunt de tot, produeixen la impressió d'ésser endreçades i pulcres. No duia corbata, perquè el fet de pertànyer a un Comitè Econòmic comportava determinades obligacions, però tot ell estava pendent de la roba i tota la seva personalitat es manifestava en el plec dels pantalons, en la conservació de les vores de l'americana, en la netedat de cada peça de vestir. Tenia una d'aquestes pells damunt les quals l'afaitat sembla més que mai un acte contra natura, i la seva cara, que en totes les zones desprovistes de pèl tenia una vermellor sanitosa i natural, en les parts rasurades presentava unes clapes de gris i de blau que inquietaven. D'antuvi, tot i sabent que aquell fenomen no tenia res d'intranquil·litzador, venien ganes de dir-li: «¿Ja us ho heu fet mirar, això? Tingueu-ne cura. A vegades les coses que semblen més inofensives causen grans disgustos.»

Va entrar tot fent una rialleta completament desproporcionada. En oferir-li seient, va estar a punt de treure's el mocador i espolsar-lo, però vaig reeixir a reprovar la seva actitud d'una manera tan clara, només mirant-lo, que s'encongí, deixà el mocador i s'assegué procurant ocupar tan poc lloc com fos possible.

—Dispensi, o dispenseu... Hi, hi, hi!

El fet de no saber si tractar-me de vós o de vostè el va desconcertar, i no trobà altra sortida que riure d'una manera purament física i poca-solta. Amb freqüència les persones tímides es refien, per iniciar una conversa, de l'ajut dels seus interlocutors. En aquella ocasió, Gorienko i jo convinguérem tàcitament, sense dir-nos ni una sola paraula, a no col·laborar amb el representant del Comitè Econòmic del Teatre.

L'home mirà amunt i avall les parets de la meva cambra, es passà la llengua pels llavis, féu espetegar els dits i es fregà el palmell de la mà pel front. Després, ens ensenyà les gotes de suor damunt de la mà estesa, amb aire de mostrar-nos una cosa molt notable.

—De bona gana em beuria un got d'orxata ben ple!

Vaig alçar les espatlles, expressant un desinterès absolut pels desigs del delegat del Comitè Econòmic, i aquesta hostilitat tan cruament manifestada va deslligar sobtadament la seva dignitat. Va donar a la boca una forma que en el rostre d'una dona hauria pogut passar per la manifestació més visible de les ganes de plorar, i ens digué:

—Bé, no us vull entretenir. Parlem d'afers. Els membres del comitè que represento us han vist actuar a la plaça de Catalunya i el vostre treball els ha satisfet molt. M'envien per proposar-vos la signatura d'un contracte d'exhibició per tots els salons de Catalunya. Ja sabeu que, com que hem fet la revolució, tot el personal de teatres, sense distinció de categories, guanya quinze pessetes diàries. No obstant això, com que la vostra habilitat és una cosa excepcional, estic autoritzat per oferir-vos trenta pessetes cada dia i la vida.

Gorienko es va posar dret d'una revolada, i es plantà davant de l'emissari, plegant els braços.

—Per qui m'heu pres, colla de beneits? ¿Us penseu que els vostres teatres i els vostres negocis m'interessen més que la pols que porto encastada a les sabates?

El delegat s'alçà i ens va fer comprendre que anava a mobilitzar els grans recursos.

—No hi discutiré pas, amb vós —digué—. Si voleu treballar a Catalunya, haureu de treballar amb nosaltres, a gust o a disgust. No hi ha competència, ja ho sabeu. I això de les exhibicions al carrer, ja us ho podeu treure del cap. No permetrem que ens prengueu el públic d'una manera tan senzilla.

L'home déu va riure. Va agafar el visitant pel braç i l'advertí:

—Mireu, delegat: això de permetre o no les coses està a les meves mans. Vós viviu perquè jo vull, i no converteixo totes les vostres sales d'espectacles en piscines perquè no em ve de gust. Simplement «perquè no em ve de gust!»

El representant es deseixí de la mà que li premia el braç.

—Tots els artistes sou iguals. Quina gent! Perquè ja em vindreu a trobar, ja. I aleshores les condiciones potser seran unes altres.

Es va dirigir cap a la porta, tibat i molt digne, però Gorienko li barrà el pas.

—Escolteu, il·lús. Ni sóc igual que els altres, ni tan sols sóc artista. No hi ha cap artista al món que us pugui convertir el cap en un pom de flors només tocant-vos el front amb un dit.

Mentre deia això, Gorienko tocà el front del delegat i els cabells d'aquest desaparegueren, per deixar lloc a un veritable capell florit. Blanets, campanes blanques i grogues, margarides, violetes, geranis, petits sols de maig i, sortint del lloc més alt del cap, dues magnòlies de silueta segura i ben traçada.

El delegat es tornà intensament groc. Es va treure un mirallet de la butxaca i, en contemplar l'aire frívol que tenia el seu rostre sota aquella panera florida, es desesperà. D'una grapada es va arrancar un manyoc de flors, però aquestes van ésser substituïdes instantàniament.

—Apa, vinga. Torneu-me els cabells. Si no em traieu això del cap, us esclafaré el nas amb un cop de puny!

—Infeliç! Podeu estar content que no us converteixi en un gramòfon per tots els dies de la vida.

En sentir això, el nostre visitant empal·lidí encara més. S'arrugà el mentó amb un patètic plegament de dits i fugí corredors enllà, murmurant tot de mals propòsits.

Per uns segons, vaig respectar la còlera de l'home déu. S'havia posat a dos pams de la paret, amb les mans encreuades al darrera, i mirava un tros de fris del paper, de cara enlaire, amb un gest d'ulls que exterioritzava de la manera més exacta el seu enuig.

—Gorienko: ¿vols dir que ens interessa l'enemistat d'aquesta gent?

Va semblar que les meves paraules se li clavaven al clatell. Es girà ràpidament, emmurriat, i em respongué:

—Mai cap altra cosa no ens havia interessat tant. Que provin qualsevol acte d'hostilitat contra nosaltres i ja veuràs el que els passa. Els he d'ensenyar, a ells i a tothom, la manera com cal mirar les coses i aprendran el valor que té allò que ignoren, i el valor que té allò que saben!

Del carrer, ens arribà una gran cridòria, que omplia tots els racons de la cambra. Sortírem al balcó i veiérem la multitud, divertida i engegada, agombolant-se al voltant del delegat. L'home intentava tapar-se el cap amb un mocador, però sempre deixava sense protegir algun angle per on sobresortien rulls de flors. La pena del delegat engrescava la gent, que el seguia mortificant-lo, estirant qualsevol punta lliure del mocador i cridant tot el que fos susceptible d'ofendre'l. Davant d'una parada de begudes, la Monyos contemplava la cavalcada amb un posat seriós i es deia que, tal com anava el temps, ja qualsevol sobrevingut es creia amb el dret de fer el ximple pels carrers.

Totes les meves intervencions per atenuar l'enuig de Gorienko foren inútils, i l'home del Comitè Econòmic es va haver de quedar amb aquella transformació monstruosa. En entrar novament a la cambra, Gorienko semblava molt més assossegat. Fullejà unes revistes amb l'atenció perduda, mirant els gravats sense veure'ls i, a intervals, una mitja rialla que li desplegava els llavis em feia comprendre que la tempesta declinava.

Aquell dia, havíem de rebre encara una altra visita, molt més important que la primera, en esguard del que representava. Quan, poques hores després, la serventa ens anuncià que algú venia a veure'ns en nom del conseller de Governació, vaig témer seriosament que el tarannà de Gorienko ens valgués en aquella ocasió un contratemps considerable; mentre esperàvem l'arribada del visitant, m'aplicava a convèncer el meu amic de la necessitat d'ésser polits i tolerants, puix que un conseller de Governació, al nostre país, és una cosa molt important. L'home déu rebia les meves paraules amb un aire sorneguer, sense sospesar-les gens, com si jo m'apliqués en aquells instants a una feina ociosa i baldera.

L'emissari del conseller va entrar amb una gran decisió. Se'l veia endurit en les lluites de la revolució, i fins i tot es podia endevinar de seguida que havia arribat a estar convençut que la timidesa i l'encongiment eren uns prejudicis sense raó d'existència. Em va saludar a mi, creient que era Gorienko, donà un cop a l'espatlla de l'home déu, dient-li: «Bon dia, Gaeli!», i, en adonar-se del seu error, ens explicà sense prendre alè dues anècdotes que contaven com ell, en altres oportunitats, havia comès errors tan extraordinàriament divertits com aquell. Nosaltres encara no havíem dit ni una sola paraula; jo no em podia estar de mirar Gorienko, pensant que l'emissari no sospitava les moltes probabilitats que tenia de retornar a casa seva amb canvis que li fessin avorrible la vida.

En definitiva, la missió d'aquell ciutadà no era delicada. Es tractava de concertar una entrevista entre el conseller i nosaltres, puix que l'home de govern tenia una proposició a fer-nos. Ens fou lliurada una comunicació oficial, amb signatures i segells molt obligadors, el contingut de la qual era el següent: «El conseller de Governació saluda Joan Gaeli i Miquel Gorienko, i els prega que vulguin acudir al seu despatx oficial, demà a les 6 de la tarda, per tal de tractar d'un afer important.»

A Gorienko, li va plaure l'estil del conseller. Fou una gran sort, perquè preparà la visita molt il·lusionat, i l'emissari sortí de l'hotel envoltat de tota mena d'atencions.

L'endemà, mentre ens dirigíem cap a la conselleria, l'home déu em va demostrar que s'identificava amb la bellesa del país. Sabia comprendre el valor dels arbres decorant les vies asfaltades, estimava els jocs dels núvols blancs damunt del cel blavíssim, i trobava bo el gust de l'aire català. Em va fer encertades observacions sobre el folklore i la història nacionals, que a judici d'ell eren molt personals (qualificava sempre de *molt personals* les coses que li semblaven més considerables), i em digué que mai no havíem tingut gaire encert a organitzar-nos de cara al turisme, puix que d'altra manera la nostra terra seria una de les més visitades del planeta.

Tenia aquesta manera insolent de mirar-se els paisatges urbans i els monuments pròpia de les persones que han viatjat molt, però es guanyava la simpatia perquè sabia fer-se càrrec de les coses, i procurava no ferir-me massa l'orgull nacional davant d'un carrer brut o d'una noia lletja.

Pel que sembla, quan arribàrem al palau ja havien sol·licitat la nostra presència diverses vegades. Dos o tres guies ens precediren a posar els peus al primer graó de l'escala i vingueren a rebre'ns tot fent-nos uns grans compliments. Mentre pujàvem, vaig preguntar a Gorienko si li era possible penetrar el pensament del conseller.

—Puc fer-ho o no —em respongué—, de la mateixa manera purament material que tu podries obrir una lletra confiada a la teva custòdia; en aquest cas, si alguna raó et priva de fer-ho, és d'ordre moral. Es tracta d'una qüestió de delicadesa, i m'abstindré d'endevinar res per respecte a l'autoritat del governant.

El conseller ens va rebre molt bé; felicità de tot cor Gorienko sense ofrendre'l, i a mi em va parlar breument de la meva obra, demostrant una intel·ligència singular.

Un cop aposentats en unes butaques de pell destinades als visitants il·lustres, el conseller adoptà un posat seriós i abordà el tema central de l'entrevista:

—He vist la vostra presentació al poble i he llegit els comentaris de la premsa. Suposo que deveu estar enutjats, perquè han interpretat malament el valor real que representeu. Espero que el company Gaeli ja us haurà explicat —es dirigia a Gorienko— que el poble no està en condicions, en aquests moments, de comprendre determinades coses. Això servirà perquè us feu càrrec de l'actitud de la gent i dels diaris. Això no obstant, heu de saber que un nucli selecte ha comprès de seguida que el que feu vós no són simples jocs de mans i que es tracta de miracles molt interessants, d'una mena que semblaven desapareguts per sempre.

»En el consell d'avui hem parlat gairebé exclusivament de vós. Tots els companys de Govern aprecien el que valeu i seran preses mesures a fi d'assegurar-vos una estada entre nosaltres ben feliç. En nom del Govern, doncs, sigueu benvingut. Ara bé. El nostre país viu una guerra cruel, que absorbeix totes les energies. Només vivim per a la guerra i qualsevol cosa que ens pugui ajudar a fer-la mereix l'atenció dels ciutadans i de les autoritats; en nom d'aquest interès legítim us volem demanar una cosa.

»Per altra banda, veniu d'un gran país amic, del qual no rebem més que proves de solidaritat i d'afecte. Aquest matí he parlat amb el cònsol general de la URSS i ha encoratjat fins a cert punt la gestió que he de fer prop de vós. En resum: us proposo en nom del Consell que vulgueu col·laborar en la nostra guerra. Si fèieu amb els avions feixistes el que vàreu fer ahir amb els coloms, el vostre ajut tindria una importància decisiva...

Gorienko va escoltar el conseller amb una gran atenció. Vaig endevinar que se sentia atret per aquell home que havia sabut comprendre sense esforç la seva condició divina. Alguna cosa, no obstant això, havia fet que, a mesura que el conseller concretava els propòsits del Govern, Gorienko mostrés una major preocupació. Abans de respondre, l'home déu s'hi va pensar durant una bona estona.

Jo trobava que el conseller tenia tota la raó, i que havia tingut una gran pensada; mirava Gorienko amb el mateix interès que ell, esperant que s'avindria a precipitar el triomf d'una causa justa. Gorienko va alçar els ulls; em va mirar a mi i mirà el conseller. Després, mesurant molt les paraules, digué:

—La meva adhesió a la vostra causa és absoluta; faria tots els sacrificis per tal d'ajudar-vos, però el que em demaneu és impossible. Hi ha una certa desorbitació en considerar les possibilitats dels déus. Us creieu que tot ho podem fer al nostre arbitri, i això no és cert. No podem participar en les lluites dels pobles i estem condemnats a fer d'espectadors davant de coses que ens apassionen tant com a vosaltres.

»De la contribució dels déus a les guerres antigues no us en fieu. És una qüestió de literatura. Jo us voldria ajudar, posant-hi els cinc sentits, però m'està vedat. Heus ací la trista condició dels déus.

»No obstant això, crec sincerament que no hi perdeu res, perquè si el que em demaneu fos possible, els feixistes podrien mobilitzar també molts recursos. Ells tenen el Sant Pare, que, per baliga-balaga que sigui (admetem que sigui baliga-balaga), maneja una colla de cardenals, dels quals un no sap mai el que cal esperar-ne.

»A més, no us he pas d'enganyar. Vosaltres heu enrarit l'atmosfera i el desenrotllament de la divinitat es fa difícil a casa vostra. No hi ha fe, enteneu? I sense aquesta primera matèria un déu se sent lligat de mans.

El conseller no va pas insistir. Realment, les raons de Gorienko eren poderoses; les va exposar amb una seguretat i una precisió tan remarcables, que feia comprendre l'ociositat d'oposar-li altres consideracions. En estrènyer la mà del governant per acomiadar-se, Gorienko digué:

—Us prego que no dubteu dels meus sentiments. Estic al vostre costat en tot allò que m'és possible estar-hi.

L'estadista rebé aquestes paraules fent-se càrrec de la situació. Amb una mica de melangia, preguntà:

—Així, què penseu fer?

—Ho he de decidir, encara. És molt possible que provi a les comarques el gran experiment que la ciutat no ha sabut merèixer.

* *

Novament al carrer, obligat pels llargs silencis que seguien les tensions de Gorienko, no em vaig poder estar de comparar, mentalment, el to de la conversa que acabàvem de tenir amb el conseller i el d'aquella del dia que l'home déu i jo vam concertar una mútua col·laboració. De bona fe, no podia saber si havíem estat més sincers aleshores o ara.

V. L'amor impossible

Decidírem visitar els pobles. Catalunya a través, una mena d'embriaguesa s'emparà de nosaltres; l'olor dels rostolls als camps de blat segats, la terra humida i tendra dels conreus, l'atracció de les muntanyes blaves de l'infinit, el soroll delicat dels boscos, el miralleig dels rius, tots els elements que componien la glòria de cada paisatge, ens rendien l'admiració i ens allargaven la vida.

Gorienko estimà de seguida la sorpresa de cada un dels nostres pobles. Tant els que sorgien inopinadament després d'un revolt de carretera com els que descobríem de lluny, ajocats a la falda d'una serralada, ens desperta-ven la pruïja de conèixer-los: el desig d'ésser-hi ben aco-llits. Hauríem volgut tenir carta de naturalesa a tot arreu o bé entrar a cada poble precedits d'un prestigi local que justifiqués una festa de benvinguda. A vegades, ens as-sèiem a l'entrada dels hostals i ens lliuràvem a considerar el món amb una gran tendresa. Si el racionament de guer-ra ho feia possible, l'hostalera ens servia unes llesques amples de pa amb tomàquet, i uns porrons de vidre blau, plens d'un vi del país ben treballat i digne. Amb l'olor del pa sucat arran del nas, o alertant la llengua per degustar el vi, totes les coses se'ns apareixien com a generadores de placidesa. Nosaltres mateixos ens anàvem encomanant la bonhomia de l'ambient que ens voltava, i quan els controls de carretera ens obligaven a aturar l'automòbil, només mirant-nos la cara ja en tenien prou per comprendre que no érem gent sospitosa.

Sense haver-nos-en fet el propòsit, ens preníem com una mena de vacances, en el transcurs de les quals ni Gorienko feia miracles ni jo em preocupava de dir discursos. Ens aveníem prodigiosament; d'una manera pausada, sense esforç, ens anàvem acostumant a considerar les coses des de punts de vista paral·lels i d'aquesta coincidència en naixia una amistat forta, singular, plena de cops de cor.

Hi ha moments, a la vida de cada home, que fan sentir la necessitat d'una confessió sincera per repassar i ordenar l'estat d'esperit i prendre posicions. La meva adhesió a l'home déu ultrapassava els límits d'un companyonatge normal i es barrejava amb sentiments que, desitjós de mesurar els conceptes, em semblaven desplaçats. La seva presència m'era necessària, les breus separacions imposades pel viatge se'm feien insuportables. No em quedà altre recurs que cometre la brutalitat d'ésser sincer i acceptar que m'estava enamorant de Gorienko. Que difícil es faria, per un home menys home que jo, una confessió així! Però hi ha moltes dones al món, orgulloses de la seva feminitat, altes i fortes i ben plantades, que podrien assegurar davant d'un tribunal discret que, en determinats aspectes, estic a cobert de qualsevol suspicàcia.

El resultat de la confessió em va sorprendre molt. No havia arribat a menysprear tant els principis com per trobar que allò no tenía importància; vaig lliurar-me a meditar les causes del fenomen, i, d'antuvi, aquell encís repulsiu (no trobo altra manera de qualificar-lo), aquella rara atracció que, en presència de l'home déu, us sotmetia a la tensió d'unes forces antagòniques, barreja de ganes de fugir i ganes d'acostar-se-li, em van semblar la causa del meu mal.

A desgrat de tot, mai no em vaig sentir culpable. Si calia exigir comptes a algú, era necessari acarar-se amb la naturalesa i amb el cel per haver permès l'existència d'un monstre com Gorienko, dotat d'un aspecte torbador i d'un poder excepcional. A més, enamorar-se d'un déu potser no és un delicte. Una anàlisi profunda dels sentiments de tots els apòstols que hi ha hagut al món, ¿no ens demostraria que tots ells han estat una mica enamorats dels seus déus? En els dies que seguiren l'explicació del fenomen, l'instint i la raó lliuraren grans combats. En el transcurs d'aquesta història es veurà com l'instint haurà estat molt més clarivident que la raó.

* *

Un dia, l'home déu i jo acabàvem de dinar a la terrassa d'una fonda amb vistes damunt d'un riu. Abocades a la riba, unes dones feien la bugada; una mena d'enjoiament de l'aire feia que totes elles cantessin bé i els seus cants m'encomanaven un somieig melangiós.

Pensava en el meu amor impossible, un amor que no podia prendre posicions ni transformar-se, condemnat al blasme i a la repudiació. No havia parlat mai a Gorienko de les meves inquietuds, ni pensava fer-ho mai; la veu d'ell, trencant el silenci que feia de coixí a les nostres meditacions, em donà un ensurt.

—No, Gaeli, no —em digué—. No hi pensis més. Si no et distreus i no domines els teus sentiments, ens veurem obligats a separar-nos. He deixat molts països amb bells amics a dins que no tindran mai més notícies meves. La terra se'm fa petita sota els peus i he de tenir cura d'administrar la meva glòria.

Quina criatura, senyor! Qui era? Per què existia? Quins afanys dirigien la seva vida? Potser havia vingut només per derrotar el meu aplom.

VI. El Circ Internacional

La guerra havia dividit la Península en dues meitats, convertides en closos hermèticament tancats, dels quals era molt difícil sortir per a les persones que només eren ciutadans i prou. La lluita havia dispersat famílies, deixat amors en suspens, i moltes il·lusions que tenien la ruta ben traçada i el camí lliure sofriren per causa de la divisió un col·lapse que feia difícils els pronòstics i les previsions.

En la banda dels bons —nosaltres ens hi trobàvem— s'hi va quedar un Circ Internacional. El seu universalisme era tan indubtable i clar, que aquesta fou la causa que no pogués passar la frontera. La gent del circ no tenien res a amagar. Anunciaven la seva funció amb un cartell alt i dret, sobre paper rosat; a dalt de tot, explicaven amb una lletra molt bonica i entenedora que el circ actual era l'herència de tres generacions d'artistes, i que triomfaven arreu del món. Després venia un mapa i cada lloc on el circ havia obtingut un gran èxit estava marcat amb una bandera. A sota del mapa, hi figuraven sis noms escrits en caràcters grans, corresponents a la importància del treball de cada artista. Sis noms, únicament.

De fet, el circ era molt petit, i estava tan atropellat pels seus viatges, amb la fusta despintada i la lona de les barraques plena d'afegits, que tot ell, tota la instal·lació, amb el tigre, els dos cavalls i els gossos, s'hauria pogut valorar pel cap alt en unes cinquanta mil pessetes. És clar que a part d'això hi havia el treball dels artistes, que això sí que no tenia preu. Quin conjunt més selecte! Vegeu:

Anna Donin

Trapezista (passava també la maroma) i danses acrobàtiques. Una veritable exhibició d'art.

Vasna

El faquir. Feia tot el que acostumen a fer els faquirs, però hi posava personalitat. Cap concessió barroera al públic. El dia que no se sentia en forma, no treballava.

Frederic del Cel

Domador del tigre en la primera part del programa. Després del descans, s'encarregava del número dels cavalls; en aquesta segona part era realment bo. Tenia una gran figura.

Maria Creis

La senyora dels gossos. Res de vulgar ni de cosa vista. D'antuvi, la seva amplada inclinava a jutjar-la amb severitat, però de seguida guanyava el cor de la gent i no hi havia més remei que ovacionar-la.

Oswald Enter

El prestidigitador. Una mica antipàtic, però ho feia bé. Aparells originals, trucs nous.

i *Carles Grat*

Jocs malabars. Excepcional, el número suport del circ. En les funcions de nit, formava parella de ball amb la Donin (com que eren pocs, s'ho combinaven de la manera que podien) i també valia la pena de veure'l. Un gran minyó.

A més, uns altres quatre personatges subalterns completaven la dotació del circ. Tres peons, que muntaven i desmuntaven els envelats ràpidament i amb garanties, i el pallasso. El pallasso no el posaven a la llista perquè no era res de l'altre món. Això no obstant, feia riure, que és el que havia de fer.

D'aquest conjunt, potser no s'haurien trobat dues persones de la mateixa nacionalitat. El circ mateix no en tenia cap de definida, i estava molt orgullós d'ésser ben bé això: un Circ Internacional.

Així, quan els cònsols de tots els països van publicar notes als diaris advertint als seus connacionals que si volien fugir de la guerra ells els facilitarien els mitjans, el circ no es mogué. Fugir cada u per la seva banda hauria representat la mort del circ, i el circ no podia morir.

Recorria el nostre territori d'un extrem a l'altre i l'èxit i la prosperitat l'acompanyaven. No s'estaven pas d'afirmar que, en quedar-se, no hi havien perdut res.

Ara bé; anant pel món, el circ tenia dos estats: el que es derivava dels contactes amb el públic, i el que feia referència a la vida de relació entre els artistes. Això darrer, com era de preveure, tenia interès. Per exemple, Carles Grat feia d'empresari i era el que manava més. Estava enamorat d'Anna Donin, que no li corresponia, però s'aprofitava del seu amor per fer el que li donava la gana dins el circ, i, de fet, també manava molt. Una vegada, la senyora Maria Creis va dir que si Anna no feia cas de Carles era perquè Vasna, el faquir, coneixia una història la divulgació de la qual representaria la perdició d'Anna. Quina relació tenia això amb la fredor d'Anna? Aneu a saber.

De fet, la senyora Maria Creis, tan apreciable com a artista, en la vida de relació no tenia cap qualitat visible i, en canvi, feia ostentació de grans defectes. Sempre volia tenir raó, donava el seu parer sobre les coses quan els altres tenien menys ganes de conèixer-lo, tenia traça a fer enfadar la gent entre ells, encara que no tinguessin motius ni ganes d'enfadar-se. Estava renyida per sempre amb el prestidigitador, Oswald Enter. No se sabia per què, però estaven formalment renyits.

Oswald Enter era un home que tenia por. Por de quedar-se sol en els llocs foscos, por de fer el ridícul, de caure malalt, de morir-se, por que li peguessin, de perdre la feina. Creia en manifestacions sobrenaturals d'aquelles que molesten i es preocupava de debò. A més, deia mentides, sense dominar-se, espontàniament. Explicava que, una vegada, trobant-se aposentat en una fonda de poble, constatà que la bombeta de la seva habitació tenia el filament de carbó i feia poca llum.

—Quan estic sol en el meu departament —deia—, m'agrada veure bé tots els racons, compreneu? Allò no es podia tolerar. Vaig agafar la capa i el bastó i vaig anar a comprar una bombeta de filament metàl·lic que fes força llum. Faig la compra i retorno a la fonda. Per no picar-me els dits, tanco la clau elèctrica i em quedo a les fosques; no tenia llumins ni encenedor (no fumo); vaig descargolar la bombeta de filament de carbó a les palpentes. I aleshores, quan la tenia a les mans, m'adono que, tot i estar *absolutament* separada de la instal·lació, la bombeta feia llum. Una llum pàl·lida, rogenca. Què hauríeu fet, vós? Jo no m'hi vaig pensar gens: llenço la bombeta, fujo de l'habitació i reclamo la presència del fondista: «Mireu, fondista, m'ha passat això i això.» I ell que em respon: «Això us ha passat, senyor? Això és que el senyor deu tenir algún do sobrenatural.» Era cert. Mai no m'havia sentit tan legítimament orgullós com aleshores...

De coses com aquesta, Oswald Enter n'explicava així que se l'escoltaven. I es disgustava tant si no el creien, que el més aconsellable era fer el cor fort i creure-se'l. He dit que era antipàtic; cal donar explicacions. La seva antipatia provenia de creure que un artista de circ era la cosa més important de la terra, i estava infatuat. En aquest aspecte discrepava de Frederic del Cel, que creia que la gent de circ no era res i que ningú no l'estimava, fora del poc o molt valor que pogués concedir al seu treball personal.

Del Cel agradava molt a les dones. Era el millor que es podia dir d'ell per fer-se càrrec del que valia com a home. Tota la seva manera de comportar-se, i el seu temperament mateix, eren el fruit d'aquesta sort. Valia poc, naturalment.

De Vasna, el faquir, no sé què dir-ne. Ningú no sabia què dir-ne. De fet, ell era el primer a adonar-se que un faquir no es pot incorporar sense grans precaucions a qualsevol joc de sentiment i es vigilava molt. Si hagués estat un comerciant, haurien dit d'ell que tenia un caràcter reservat. Però qui és que s'arriscaria a dir això d'un faquir? Seria ridícul.

El millor de tots, en jutjar-los com a persones, era el pallasso. Intel·ligent, culte, home de bones lectures, ben educat; fora del circ explicava coses divertidíssimes. Tenia el sentit de la mesura i sabia sempre quan n'hi havia prou. A més, era molt bo: feia caritats, era fidel i noble, i no hauria pres res de ningú, encara que mai no s'hagués hagut de saber. Semblava impossible que un home tan ben preparat fos tan dolent com a artista. Un dia li vaig preguntar:

—Com és que vós, que sou tan intel·ligent, no heu reeixit a crear un pallasso bo?

—És que la intel·ligència —em digué— cal utilitzar-la amb solta. No val la pena d'esforçar-se a ésser un pallasso.

Vaig trobar que tenia raó, i li vaig fer una reverència. Els altres, els mossos de circ, no valien res. Ni tan sols tenien esperit cívic, que és una de les virtuts més assequibles als infeliços.

Tota aquesta gent, que essent tan pocs haurien pogut trobar la manera d'estar ben avinguts, es barallaven del matí al vespre, fent intrigues, s'enamoraven els uns dels altres sense encertar mai dues persones que lliguessin, i quan demostraven més enginy era en triar paraules que els poguessin molestar força. Amb una mica d'ordre, amb algú que els hagués dirigit en funcions de cap de casa, haurien estat molt més feliços del que es pensaven.

* *

El circ i nosaltres ens vàrem trobar a Olot. Gorienko m'havia expressat el seu desig d'abandonar la inactivitat que estava a punt de dominar-nos i reprendre el camí que ens havia de menar a la prosperitat. Li semblava que, des del principi, havia errat el camí, i que no tota la culpa de la indiferència de la gent es podia atribuir al poble. Cada vegada que parlava de la *indiferència* de la gent, jo objectava:

—El poble no ha estat indiferent, Gorienko. Ha reaccionat d'una manera distinta del que esperàvem, però estima el teu treball.

—Tu també parles del «meu treball», Gaeli? ¿No hi veus altra cosa que un treball? Sí que estem ben arreglats!

Va fer una pausa, s'aturà (caminàvem pel carrer) i, agafant-me pel braç, afegí:

—Hem errat, Gaeli, hem errat. Malament aniríem si no reconeixíem l'abast dels nostres errors. Mira: el teu poble no és tan primari com em pensava; vol coses grans, comprens? Coses que, si li causen admiració, no sigui a costa que hom el pugui acusar de provincià. Tu ja m'entens bé, oi Gaeli?

—Mira, Gorienko. Hi ha vegades que no t'entenc gaire, però sempre faig un esforç perquè això passi tan poc com sigui possible. Dius que el poble vol coses grans. Bé: quan dius coses grans, què vols dir?

—Vull dir grans miracles; miracles de qualitat, que tinguin un valor etern. El que hem fet fins ara no perdurarà per sempre en la memòria de la gent. Quan hagin passat uns quants anys, desfiguraran tant el que hem fet, que ni tu ni jo reconeixeríem la nostra intervenció en el que explicaran. I això ens passa perquè els miracles que he fet fins ara no tenen qualitat de gran miracle. M'havia d'inspirar en els clàssics i no ho he fet. Això és un pecat que s'ha de pagar; es paga sempre, Gaeli; ho sap tothom.

—Però, ¿i la teva antiga idea de la deshumanització de la gent de les ciutats? Semblava que era aquesta gent qui tenia la culpa del que ens passava.

—Continuo trobant-la bona, la idea. Però aquest és, precisament, el punt de partida de l'error. Coneixent el tarannà dels homes de ciutat, l'havia de tenir en compte des del principi i començar jugant fort. Si és molt senzill! Si sembla mentida que no se'ns hagués ocorregut abans! A veure, Gaeli: quins són els miracles que la gent valora més?

—El de les resurreccions, i el de retornar la salut a les persones inguaribles.

—Exacte. Per què ens hem entretingut, doncs, muntant grans fantasies en un terreny on la imaginació de la gent no ens podia seguir? Dintre meu, tinc alguna cosa de poeta que m'ha de perdre...

—Però tu pots ressuscitar morts, Gorienko?

—És clar! Em sembla que ja t'ho havia dit en alguna ocasió.

Caminant, animats per la conversa, havíem arribat als afores d'Olot. Teníem davant nostre un camp ample, de bona terra olotina, amb una herba d'un verd tendre que estovava l'esperit i feia obrir els ulls. A la nostra esquerra, hi havia acampats els carros del Circ Internacional, i a la nostra dreta, un equip de pintors pintava el paisatge, abocats damunt els seus cavallets de campanya, atents a les indicacions d'un professor que anava resseguint el grup.

D'antuvi, jo em vaig sentir atret pel circ, però Gorienko mostrà un major interès pels pintors i ens vàrem apropar al lloc on es trobaven. A vegades, l'home déu tenia coses desconcertants; ho sabia tot, coneixia el secret de totes les coses damunt les quals projectava la seva atenció, i, no obstant això, es complaïa amb freqüència a fer-me preguntes, preguntes que sovint es referien a coses conegudes de tothom i que ell no podia ignorar. Semblava com si pretengués polsar les cordes del meu esperit, i jo sentia, en moments així, el neguit de trobar-me davant d'un examinador que em podia descobrir la més lleu de les meves falles.

—Per què estan agrupats, aquests pintors, Gaeli? Qui són? Per què admeten la tutela d'aquest que els dirigeix?

—Apa, home! Tu et burles de mi, Gorienko. No em faràs creure que no saps de què es tracta.

—T'ho pregunto formalment. Què saps tu, mortal, de l'abast dels coneixements d'un déu?

En deia *mortal* amb el mateix to que hauria qualificat d'eruga qualsevol persona que li hagués causat molèstia. Jo ja no m'hi enfadava, i sempre que posava al descobert aquesta condició meva, cedia la raó i m'adaptava.

—Bé, no t'enfadis. Ja t'ho diré: són alumnes de l'Escola de Paisatge d'Olot, mantinguda per la Generalitat de Catalunya. I aquell senyor que fa de mestre, deu ésser algun pintor conegut. Potser és l'Iu Pasqual, ja veus...

—No. No és l'Iu Pasqual.

—Que el coneixes?

—No, però sé que no és aquest.

Els meus exàmens sempre acabaven així. Gorienko exhibia de sobte una genialitat divina i les cartes quedaven de cara enlaire. Aleshores, el meu interrogatori ja no tenia objecte i callàvem tots dos.

Ens acostàrem al grup de pintors per tal de veure el que feien. N'hi havia uns quants que tenien vaques pintades en els seus quadres, i en el paisatge que s'estenia davant nostre no se n'hi veia cap.

—Gaeli: com és que pinten vaques, a desgrat de no haver-n'hi cap?

—Això tu també ho saps, Gorienko, però t'ho diré. Les vaques són un element formal de l'escola olotina. Ara no n'hi ha, perquè les necessitats de la guerra les han esborrat del paisatge. Però els joves pintors no perden el contacte amb cap de les formes que constitueixen el material de l'escola, i quan la guerra s'acabi, estaran en condicions de reprendre el seu camí i d'ocupar el lloc que els correspongui en el conjunt de la nostra glòria. Oi que és això?

—Hi ha coses, amic meu, que només us les enteneu vosaltres. Em guardaré molt d'intervenir-hi...

Després de donar el bon dia a aquella selecció d'artistes, ens allunyàrem d'ells, i ens dirigírem cap a la banda del circ. Havien marcat al terra, amb pintura blanca, una gran circumferència que assenyalava l'emplaçament del circ, i els peons descarregaven els carruatges i clavaven pals a terra, els feien forts amb tirants de cordes i començaven a parar les lones. Una bona extensió del camp estava coberta per caixes grans de fusta, tendes de lona, gàbies i altres accessoris del circ. Quan arribàrem a les proximitats de la circumferència blanca, Anna Donin i Carles Grat —que vigilaven els treballs de muntatge— s'havien assegut a terra i conversaven. Havíem arribat molt a prop d'ells, però no ens veien perquè estaven d'esquena a nosaltres; ja enteníem les seves paraules i anàvem a acusar la nostra presència, per tal de no ésser indiscrets, quan un vehicle arrossegat per un cavall s'interposà entre ells i nosaltres. Aleshores entenguérem el que deien, sense que ens fos possible impedir-ho. (Això no obstant, en entendre'ls, no férem res per evitar-ho. Ben al contrari, ens situàrem millor a fi de continuar escoltant sense ser vistos.)

Carles Grat s'estava declarant:

—Aquesta nit t'he somiat, Anna, i t'he somiat aquest matí, i et somio ara. Et somiaré sempre, Anna. Cal que em corresponguis, ho sents? Si no m'estimes, en faré una com un cove. Però tu m'estimaràs, petita Anna meva, dolça, bonica...

—T'hauries de cultivar, Carles —digué Anna—, i elevar-te l'educació amb lectures originals. Sempre em dius el mateix, i el teu llenguatge amorós no va enlloc, no s'aguanta. Què és això de «fer-ne una com un cove»? On ho has vist que la gent refinada usi frases fetes per a declarar-se?

Sentírem en les nostres espatlles la pressió d'unes mans que ens advertien; tombàrem el cap ràpidament i ens vam trobar amb el pallasso del circ que ens mirava, amb una mitja rialla.

—Us voleu apartar una mica? —em preguntà—. Tenim necessitat de descarregar el vehicle...

Quan estiguérem a una certa distància del lloc on fèiem nosa, el pallasso vingué cap a nosaltres i ens va dir:

—No us sàpiga greu haver perdut la conversa. Arribaven al final de l'escena. Ja us explicaré com va: Carles s'haurà anat engrescant fins a voler abraçar Anna, i Anna reaccionarà donant una bufetada a Carles. Després, faran les paus. Sempre va així.

Tot just el pallasso va haver acabat de parlar, sentírem un clec! i, de darrera el carruatge, un desengany s'enfilà cel amunt. Carles sortí i passà a prop nostre, amb una galta més vermella que l'altra. Anna el seguia; el va agafar de bracet i li digué amorosament:

—Pobre amic meu, que n'ets d'estúpid!

Després d'això, davant el pallasso ens sentíem una mica al descobert. Per dir alguna cosa, vaig preguntar-li:

—Que sou català?

—Sí. Sóc l'únic català del circ.

—Quan comencen les funcions?

—Demà a la tarda. Vindreu?

—Sí.

Com que no teníem res més a dir, Gorienko i jo ens en vam anar Olot enllà, brandant els braços, després d'havernos acomiadat d'aquell artista.

—Oi que anirem a veure'ls, Gorienko?

—Naturalment. Cal que hi anem. En la funció de demà passaran grans coses. Escolta, Gaeli: aquest circ influirà sobre la teva vida i la meva.

Un circ que havia d'influir sobre la vida de l'home déu! Aquell vespre, quan els artistes internacionals van desfilar pels carrers d'Olot anunciant la funció de l'endemà, ningú no hauria dit que tinguessin un destí tan important.

En la funció inaugural, l'envelat del circ estava ple d'espectadors; molt abans de l'hora fixada per al començament de l'espectacle, s'havien esgotat les localitats, i moltes persones passejaven desencisades pels voltants de les instal·lacions, esperant que es produís algun fet insòlit que els permetés entrar-hi.

L'home déu i jo ocupàrem una llotja de categoria, sota l'empostissat de la banda de música. El sol travessava la tela ratllada de blau i de blanc, entrava tenyit d'aquests colors fins la pista del circ, i, pel camí, ens dividia a Gorienko i a mi en dos bàndols de llum. El meu amic quedava dins la claror blanca i el sol li nimbava el perfil d'una manera que esqueia molt a la seva naturalesa. Jo quedava dins la claror blava, i es veu que això m'afavoria, perquè a prop nostre hi havia unes quantes mosses que em volien enamorar.

Els peons van parar, en el centre de la pista, uns grans cubs de fusta i unes anelles amples, metàl·liques; després muntaren un pas enreixat, dels que serveixen per a conduir feres fins a la gàbia on el domador exhibeix el seu treball. Però la gàbia no hi era.

—És estrany —vaig dir a Gorienko—. Es veu que començaran amb el número del tigre, que és un número tradicional de segona part. I, a més, es disposen a presentar-lo sense la gàbia de consuetud.

—Fan bé. És un tigre que no té ni pena ni glòria.

La música va iniciar el programa. Una ventada va passar per damunt nostre, desfent-nos la clenxa, i les notes van fer anar més de pressa el cor de tots els ciutadans. En aquell moment, les persones que ens trobàvem aplegades allí somiàvem a portar unes mitges altes de color de carn, una malla amb lluentons ben ajustada al cos, i desitjàvem sortir a la pista i enfilar-nos en els cubs i saltar per les anelles.

El tigre va sortir. No era ni molt ensopit ni molt nerviós. Es veia que tenia ganes de complir, simplement, i posava molta atenció a interpretar les ordres de Frederic del Cel.

El programa era bo, ja ho he dit abans. En el director de pista s'hi descobria la preocupació de la puresa de l'estil i tots els números en participaven. Però el millor de tot era el treball d'Anna Donin. N'he vistos, de circs en la vida, i de números de varietats i d'artistes, però una cosa com aquella no l'havia vista mai. Anna s'enfilava fins al sostre i començava a volar pels trapezis, interpretant les lleis físiques a la seva manera; veient-la, semblava mentida que el que feia es pogués fer sense posseir ales.

Després vaig saber que Anna tenia, aquella tarda, un dels seus moments més feliços. Tothom tenia la cara enlaire, movent el coll per seguir la cal·ligrafia aèria que Anna marcava amb el seu cos, i ningú no tenia tos, ni la gola seca, i no hi havia cap mare que deixés plorar el seu infant ni cap fill que tingués ganes de picar de peus a terra. Els músics tapaven ben fort les boques dels seus instruments perquè no en pogués sortir cap so al marge de la voluntat humana, i el silenci mateix s'enfilava de puntetes per arribar fins als trapezis i ofegar el soroll de les anelles i el xerricar de l'esquelet del circ.

Però el circ és un organisme que lliga l'interès amb la tragèdia, i té coses brutals que obliguen a alçar-se de la cadira i a ratllar el silenci de l'admiració amb un crit d'angoixa. Aquella tarda va passar això. No sé si es va espatllar l'habilitat d'Anna, o bé si el mecanisme dels cordatges va perdre la precisió. Anna va donar dues voltes en el buit, i va allargar les mans cap a un trapezi que, en lloc d'arribar, fugia. Després del salt, no hi havia res on agafar-se, res, res; Anna ens va mirar a tots els espectadors, un per un, mentre queia. O almenys, tots els espectadors sentírem com la seva mirada ens reclamava un lloc en el cor.

Va rebotre en un extrem de la xarxa, i d'allí va anar a parar a terra, fora de la pista. Quin ai va sortir de dins el circ! Era un ai de tantes ànimes, que va tapar el cel; la tarda s'ennuvolà i començaren a caure gotes. La gent es va barrejar, deixaren les llotges i les butaques, tots allargàvem els dits per tancar els ulls d'Anna, i fèiem cassoleta amb els palmells de les mans per recollir la sang de terra i tornar-la a Anna.

Quina tristesa! Demanaren un metge i en sortiren dos, però tots dos digueren que no tenia salvació, que ja la podíem donar per morta. Les llàgrimes de la gent, il·luminades pels arcs voltaics, feien rateta i omplien les parets del circ de punts de llum que rodolaven tela avall.

El neguit no em va llevar la clarividència, i se'm va acudir que l'home déu ho podria arreglar.

—Gorienko!...

Però ell ja corria cap a Anna, amb la idea del miracle que li il·luminava el rostre; el vaig seguir, però, en arribar a prop d'ell, Anna ja havia mort. Un dels metges tapava el cos amb una capa, i l'altre deia a la gent que circulessin, que tornessin cap a casa, perquè la funció estava ben llesta. Gorienko s'obrí pas amb els colzes i manà que ningú no es mogués. «Vaig a tornar-li la vida» —digué—. I els metges es van mirar l'un a l'altre i van somriure, com volent dir que Gorienko era un il·lús.

La gent es va quedar. Tornà a fer-se al nostre voltant aquell silenci que manava l'ambient, més intens que abans, encara; tan intens, que un insecte que havia entrat en el circ volant s'avergonyí del soroll de les seves ales i es va aturar en un trapezi fins que Anna va haver recobrat la vida.

Tothom tenia els ulls fixats en l'home déu. El meu amic tragué la capa del metge d'una revolada i s'ajupí al costat del cadàver.

—Li farà mal? —em va preguntar una pagesa jove que era a prop meu.

—No n'hi pot fer: és morta.

La pagesa féu un crit i es desmaià, però ningú no en va fer cas. Gorienko va passar les mans diverses vegades per damunt del cos d'Anna. En la primera passada, la sang que hi havia a terra desaparegué; en la segona passada, les ferides d'Anna es clogueren sense deixar cicatriu, i en la tercera passada, Anna s'alçà de terra, va mirar amb estranyesa a tots els qui ens agombolàvem al seu voltant, va saltar a la pista i saludà, com tenia costum de saludar al final de les representacions.

Els metges van quedar tan menuts, que els seus vestits els grandejaven; la gent no es podia refer de l'estupefacció i tothom callava. Era un moment angoixós. Anna no s'adonava de res, només veia que la gent no l'aplaudia, com feia sempre, i això li causava tanta pena que estava a punt de plorar.

Ningú no es movia, ningú no parlava, ningú no sortia d'aquell embadaliment que havia convertit el circ en una capsa de figures. Jo volia fer un discurs per treure partit del miracle, però no vaig poder, perquè jo, l'apòstol, l'amic de l'home déu, que no em podia meravellar massa d'una força que m'era familiar, també badava. Com hauria acabat allò? Potser tots plegats hauríem perdut l'esma per sempre, si el director dels músics no hagués reaccionat a temps. Va donar un cop de batuta damunt la fusta de la seva tribuna, i la banda tocà «Els Segadors» i l'himne de Riego.

La música ens va escalfar el cor i cada u va fer el que millor li esqueia. La pagesa desmaiada es retornà, i se'n va anar murmurant que tenia tard; Anna comprengué tota la veritat i remercià Gorienko amb el rostre ple de llàgrimes. Jo vaig fer el meu discurs, i tothom va trobar que el meu amic era, realment, un home déu.

Des d'aleshores, lligàrem amistat amb la gent del circ. Aquell vespre mateix ja vàrem sopar junts i ens descobrírem afinitats molt notables.

* *

Els nostres amics van decidir que, mentre romanguessin a Olot, viurien en el mateix hotel que nosaltres. Menjàvem junts i passàvem junts moltes hores del dia.

Al principi de la nostra coneixença, Maria Creis em va preguntar si jo era aquell Joan Gaeli que havia sortit en una ocasió en un noticiari cinematogràfic de marca americana, i, en respondre-li que sí, em digué:

—Ah! Doncs les vostres paraules em van fer venir ganes de conèixer la vostra obra, i la vaig trobar molt interessant. M'agradaria molt que fóssim amics.

Com que Maria Creis era alemanya, abans de comprometre res em va semblar prudent de preguntar-li:

—No sou pas partidària de Hitler, vós?

—Nooo!

—Així, serem amics.

I ho fórem. Ella m'explicava coses de la seva vida i jo coses de la meva, i passàvem estones molt entretingudes. Un dia, mentre dinàvem, li vaig explicar la història del meu talismà asteca i la va trobar molt interessant.

—Llàstima que s'acabi així, aquesta història! —digué—. Si mai escriviu les vostres memòries, en parlar de l'episodi del talismà us haureu d'inventar un final més ambiciós. Si el disposeu així, la vostra vida perdrà interès.

A mi em va semblar exagerat, allò. Li vaig dir que ja havia renyat la serventa, que em va saber molt greu, però que no s'hi podia fer res més. Això no obstant, Anna va donar la raó a Maria i tots els presents, que havien escoltat la meva narració amb interès, van opinar que les paraules de Maria eren molt encertades.

Em vaig molestar, perquè creia sincerament que la meva vida tenia un valor, al marge del talismà, i començàrem a discutir. Gorienko, que ens mirava sense veure'ns, que clavava els ulls més enllà de la nostra presència, i més enllà del moment que vivíem, reclamà la nostra atenció i em va fer la següent profecia:

—Retrobaràs el teu talismà abans de dos anys. Tu t'hauràs casat, i la teva dona et farà pel teu aniversari un obsequi singular: un aguantallibres a base de l'amulet asteca...

—I d'on l'haurà tret, la meva dona?

—De casa un antiquari.

—Però si la serventa el va llençar perquè s'havia trencat!

—Estarà afegit hàbilment, amb una cola universal. Tindrà un poder nou, però no puc penetrar quina forma revestirà. Tu voldràs saber si el retrobament haurà estat obra de l'atzar o bé si haurà obeït a un conjunt de circumstàncies volgudament encadenades. No ho aclariràs mai. Hi ha alguna cosa molt estranya en tot això...

Aquestes paraules, en boca d'un amic qualsevol, m'haurien semblat una broma. Però dites per Gorienko em semblaren molt considerables.

—Escolta: serà bonica la meva dona?

—No ho puc saber. Tot el que et dic ho veig tan clarament com si ho visqués, però la imatge de la teva dona és imprecisa, perduda de contorns. És terrible. Jo ja no hi seré, però alguna cosa del meu ésser viurà entre vosaltres. Què serà? No ho puc saber! Tinc a les meves mans el poder d'un déu i no puc saber això...

Aquell vespre, abans d'anar a dormir, em vaig apuntar en el meu quadern de notes el que m'havia dit Gorienko. Després, ja al llit, vaig pensar que era una sort que en una època escèptica com la nostra em passessin totes aquelles coses tan meravellosas.

* *

Allò va passar perquè era del tot inevitable. Ho vaig veure a venir, vaig pressentir les conseqüències que ens portaria, però no em fou possible impedir-ho. Anna Donin es va enamorar de l'home déu.

Algú que ho consideri amb fredor, des d'un punt de vista normal, trobarà que no n'hi havia per amoïnar-s'hi i que coses com aquesta passen cada dia. Prego que ningú no arrisqui el seu judici sense considerar ben bé tots els factors que intervenien en el drama. En primer lloc, és absurd creure que coses així passen cada dia; no passa cada dia, ni cada segle, que un déu de carn ofereixi blanc a l'amor i que incorpori la seva presència a una intriga amorosa entre persones. Perquè la intriga existia, i ja és coneguda alguna de les seves fases. Carles Grat perseguia Anna, li declarava el seu amor diàriament, i Anna li parava els peus amb negatives, o amb altres procediments més clars i més entenedors. Però no era això solament: Oswald Enter també volia la Donin, amb tan poc èxit com Carles. Lligats pel mal d'amor comú, els dos enamorats concertaren un pacte d'ajut, i el concertaren d'una manera tàcita, sense mitjançar paraules, com una conseqüència fatal de la seva dissort paral·lela. Hi va haver una època en la qual va semblar que Anna sentia un gran afecte per Frederic del Cel, i s'escaigué que una mà desconeguda (per a Carles i per a Oswald no ho era pas, de desconeguda, aquella mà) va donar al tigre un específic que servia per a excitar els nervis. I si en aquella ocasió el tigre no es va menjar Frederic, fou perquè l'animal ja no tenia edat per aquestes coses.

És increïble que passions d'un origen elevat puguin menar a l'homicidi, però això no ho arreglarem pas nosaltres: ha passat sempre així, continua passant actualment, i passarà durant molt temps, encara.

Més tard, uns quants mesos després, vaig saber que l'enamorament d'Anna s'havia manifestat amb violència, sense considerar traves ni raons, com si el seny quedés al marge d'aquell afer.

Gorienko va sortir en una ocasió per tal de comprar el diari (mai no he pogut saber per què el volia, el diari, l'home déu), i, en retornar a l'hotel, va trobar Anna que l'esperava; se'l va mirar fixament, l'agafà per la solapa i li digué:

—Estic enamorada de vós, us estimo. Què hem de fer?

Gorienko va quedar entristit, i tardà una mica a respondre-li.

—N'esteu ben segura, que us heu enamorat, Anna?

—Sí.

—Doncs l'heu feta bona! Perquè jo no tinc temps per a ocupar-me d'aquestes coses. Ja ho deveu saber.

Ella insistí:

—Però se'n necessita molt poc, de temps, Gorienko. I a més, la vida no és tan curta com diuen, ho sé del cert...

—Això no ho vull discutir amb vós, estimada. El que hi ha és que el que m'heu dit avui no m'ho havíeu de dir a mi.

—A qui ho havia de dir, doncs?

Parlaren una estona, fins que l'home déu va donar per acabada l'entrevista i es tancà en la seva habitació. Des d'aleshores, Gorienko mostrava davant d'Anna una certa fredor i defugia la seva presència; ella procurava no perdre'l mai de vista, el feia objecte d'una persecució tenaç, tan ostensible que tots els presents en patíem, i Carles i Oswald en treien elements per a viure un veritable suplici.

Després del que he deixat escrit en el capítol precedent, no vull parlar gaire de la meva reacció davant l'actitud d'Anna. Sé que seria mal interpretat. És més: sé que algú, en jutjar el meu amor per l'home déu, no ha fet honor a la meva sinceritat i, a hores d'ara, ja ha format un criteri erroni referent a la meva persona. Però no és tan simple com per prendre-s'ho d'aquesta manera, això; la cosa més increïble, el fet més extraordinari d'aquesta història, encara no havia succeït, ni l'he explicat, per no avançar-me al curs lògic dels esdeveniments. Quan vingui el moment, ja en parlarem, d'aquestes suspicàcies d'ara, i ja veurem qui tenia raó.

Diré una cosa, només, perquè tampoc no ho podria amagar. Jo patia, patia com no ho pot saber cap enamorat del món, perquè ningú no s'ha trobat mai (que jo sàpiga, s'entén) en un cas com el meu. I no em podia confiar a ningú perquè els meus sentiments em feien una por terrible a mi mateix.

Volia abstreure'm, evadir-me de l'obsessió que em torturava, i cercava l'evasió en un petit cercle, en l'afició a les petites coses, a les petites col·leccions, als petits passatemps. On era aquella gran ambició meva, aquell desig de canviar la faç del món amb un cop de mà? Em passava dies sencers sense recordar-me'n.

Una tarda, Carles, em va venir a trobar. Estava més prim que mai i tenia el rostre descolorit per una pal·lidesa rara, que li posava l'ànima a flor de pell. Amb Carles no érem gaire amics (tampoc no estàvem renyits, però) i teníem poques converses al marge del cercle d'amistats que havíem creat. Aquell dia, l'home del circ em sorprengué d'antuvi per l'aire d'anar a confiar-se'm que adoptà.

—Gaeli —digué—: Anna s'està enamorant de Gorienko. Cal que ho evitem.

—Evitar-ho? No tenim pas a les nostres mans la possibilitat de fer-ho. A més, trobo que nosaltres no hi hem d'intervenir, en aquests afers.

—Penseu el que vulgueu, però us diré una cosa: cal que Gorienko no correspongui a aquest amor. Enteneu?

—Mireu, Carles. Us respondré dues coses i donarem per acabada la conversa. En primer lloc, Gorienko acull amb fredor la simpatia d'Anna; això ho sabem i ho veiem tots. I en segon lloc, si algú pot canviar l'estat de coses ocasionat per l'actitud d'Anna, no sóc jo. Per què m'ho veniu a explicar a mi, tot això?

—Perquè vós sou el seu amic; i ell us creu. Si li doneu un consell, el seguirà. Doncs bé: emporteu-vos-el, allunyeu-vos de nosaltres. Deixeu-nos seguir lliurement el nostre camí...

—Quin error, Carles! Vós ignoreu que el seu poder és més fort que la meva voluntat.

Mentre parlàvem, vaig observar que Carles perdia paulatinament la seva fermesa, fins que va arribar un moment en el qual no es va poder aguantar més i s'assegué en una cadira, tapant-se la cara amb les mans. Sanglotava, i, amb la veu trencada, anava dient entre dents: «És terrible! És terrible!»

Aquella escena em fastiguejava una mica. L'home que s'ajup i es rendeix d'una manera tan absoluta a la fatalitat mereix el meu menyspreu i no m'interessa gens. Vaig encendre una cigarreta i vaig començar a passejar-me amunt i avall de l'habitació. En la meva cambra, hi tenia un rellotge de fusta tallada, d'aquells que tenen un ocell a dins que surt a cantar les hores. (Hi ha molta gent que ja coneix la meva afició per aquests rellotges.) Faltaven pocs minuts per tocar les sis, i em vaig esperar, mirant fixament l'esfera i fent anelles de fum amb la boca. Quan el moment arribà, sortí l'ocell i va piular sis vegades seguides. Allò em va divertir; un somriure se'm va fixar en els llavis, i si només hagués depès de mi, la bonhomia m'hauria durat hores i hores.

Ja no em recordava de Carles. Jo estava abocat a la finestra i mirava el carrer; encara hi havia claror de dia, però algunes bombetes de l'enllumenat públit ja estaven enceses. Va passar un grup de mosses amb càntirs i galledes que venien de la font. Gairebé totes eren boniques i ben fetes; duien els vestits cenyits al cos, i només tapaven la pell però no pas la forma. Mentre es mantingueren a l'abast dels meus ulls, les vaig seguir amb la mirada, i el meu somriure es va afermar més encara.

Recalco la placidesa que em dominava per demostrar que el que s'esdevingué després no fou culpa meva, o almenys que no pot atribuir-se a un criteri preconcebut d'agressió. Algú em va agafar pel braç i m'obligà a tombarme. Heusací Carles, novament. Qui sap on parava ja la meva imaginació! Em trobava lluny de la cambra, lluny de Carles. Tenia l'esperit en les mosses que tornaven de la font i ens aveníem molt. L'home del circ tenia el rostre lluent per les llàgrimes vessades, i serrava les dents d'una manera que, si jo hagués estat pusil·lànime i no hagués tingut la fermesa que tinc, m'hauria fet por.

—Fa vuit anys que estic enamorat d'Anna —em digué—. Vuit anys! Us adoneu del que representa això? Durant tot aquest temps li he declarat el meu amor cada dia; feu el compte: vui anys, a raó de tres-centes seixanta-cinc negatives anuals, i sabreu les nafres que tinc al cor...

(La imatge de les nafres del cor i de les negatives la vaig trobar molt dolenta, però la transcric tal com la tinc anotada en el meu carnet de notes. El públic ja sabrà comprendre que jo no hi tinc res a veure.)

—... Aquesta època de convivència amb Anna —prosseguí— m'ha servit per a conèixer els seus gustos i el seu caràcter. He procurat adaptar-m'hi, he fet esforços per tal de posar el meu temperament a la mesura del seu. I ja veieu els resultats que he aconseguit. Però sé una cosa, i la sé del cert, amb tots els elements per a judicar-ne la importància. Aquesta noia sofreix una desviació de l'instint. En el transcurs dels vuit anys del meu suplici, les poques vegades que Anna ha semblat enamorar-se d'algú, o simplement aficionar-s'hi, sempre s'ha tractat d'éssers lúbrics, de persones dèbils, imprecises. El que hi ha de femení en aquesta dona, només vibra a través de la pietat.

—Això passa a moltes dones. Però quin interès teniu que jo conegui el vostre punt de vista en aquesta qüestió? A més, el que dieu d'Anna no és pas una *desviació de l'instint...*

—Deixem-ho estar, això, Gaeli. No discutim. Però pel que fa al meu punt de vista, si no us afecta a vós directament, afecta el vostre amic. Perquè des del moment que Anna se n'ha enamorat, és que Gorienko deu ésser molt poqueta cosa.

Sembla mentida com l'apassionament ens lleva l'equanimitat i ens fa ésser injustos. Carles concixia les facultats de l'home déu i tenia ocasió de saber que el meu amic era una persona excepcional; això no obstant, la passió li treia el seny i s'atrevia a qualificar-lo de «poqueta cosa». I el pitjor és que l'apassionament ens fa ésser injustos amb nosaltres mateixos, perquè Carles no era home per a fer serenament una deducció estúpida com aquella.

No recordo exactament com es va desenrotllar la baralla, però sí que jo vaig replicar amb una certa violència, i Carles respongué insultant Gorienko. Li digué un dels insults que als homes ens molesten més. D'antuvi, vaig veure que era necessari pegar-li. Es va fer un silenci que empetitia el món prodigiosament i ens tancava a nosaltres dos dins una bombolla de quietud que contenia tota la nostra hostilitat.

Heus aquí el rostre de Carles. Els ulls —que em cercaven per agredir-me—, el nas, la boca, el front, les galtes... Sobretot les galtes m'obsessionaven. Vaig cercar, amb una rara lucidesa, el lloc on descarregar la meva ira. El nas, si el colpejava, faria un soroll desagradable, alguna cosa es trencaria, i ja sabia que era convenient pegar sense ferir. Si descarregava el cop damunt la boca, alguna dent d'aquell minyó m'hauria marcat el puny clos. Decididament, les galtes reunien tots els avantatges.

Quins moments vivim, quan el seny ens abandona! Els fets es desenrotllen amb una gran rapidesa, però mentrestant tenim temps de pensar en una colla de coses. Aleshores, jo tenia cura de no arrugar-me l'americana, que era nova; vaig veure, en un angle de l'habitació, un moble amb un cantell agut del qual hauria de guardar-me una vegada ens haguéssim abraonat i rodoléssim per terra. Vaig veure (i em va causar un malestar inexplicable) un bloc de calendari clavat a la paret, amb el full visible d'una data molt endarrerida. Vaig veure que Carles, com jo mateix, s'enrojolava de vergonya perquè d'un moment a l'altre perdríem la nostra civilitat.

Carles s'acostava, amb un altre insult a la punta de la llengua. Quan ja veia la meva silueta dins la nina dels seus ulls, el meu braç dret va fer una cosa al marge de la meva voluntat: s'estengué amb rapidesa, es va alçar fins a l'altura del rostre de Carles i va clavar la mà sobre la seva galta. No vaig poder fer res per evitar-ho.

En el moment de rebre el cop, l'home del circ tenia només un peu a terra; l'altre es movia en l'aire per tal de fer una passa. Carles va perdre l'equilibri i caigué. Allò em va saber greu. En un oblit total de les diferències que ens oposaven, anava a fer el gest de recollir-lo de terra, tot demanant-li perdó per aquells procediments meus. Però no em va pas donar temps de fer-ho; havia trobat una fusta, de terra estant, i quan jo m'ajupia em va donar un cop al clatell.

Ja no podíem tornar enrera. Tots dos teníem l'ofensa que ens coïa encara damunt la nostra carn i ens pegàvem de gust. Si jo hagués sabut l'existència, damunt de l'adversari, d'un ressort per apagar la vida, com un interruptor de llum elèctrica, l'hauria cercat amb els dits per veure'l fondre's a les meves mans. Ell semblava que l'hagués trobat en el meu cos, aquest ressort; em premia el pit amb tanta força que estava a punt d'ofegar-me. Des del començament de la lluita, jo tenia ganes d'imposar-me donant un cop de puny a les barres de l'enemic, com es fama que ho saben fer els homes drets i fets; Carles m'havia dit, amenaçant-me, que pensava fer el mateix. Però estàvem trenats de cames i de braços i no podíem pas fer els moviments que ens venien de gust. Rodàrem per terra, agafats, i ens donàvem cops de cap contra tots els mobles.

L'odi ens dominava. Hauríem volgut tenir la mossegada verinosa, o poder picar com els escurçons, però no aconseguíem altra cosa que capolar-nos mútuament.

Algú havia entrat a l'habitació. Tots dos ens n'havíem adonat, i sentíem per això un profund alleujament. Això no obstant, no vàrem pas fer esment d'haver-ne tingut consciència, i fou aleshores quan ens copejàrem més fortament; allò s'acabava i calia aprofitar els darrers instants per decidir poc o molt la lluita.

El pallasso del circ —era ell el qui havia entrat— ens va agafar per les espatlles i ens separà amb violència.

—Ja sou massa grans per a resoldre els vostres afers d'aquesta manera... —digué.

Acotàvem el cap, vèiem que tenia raó, i ens afanyàvem a arreglar amb moviments mal traçuts, nerviosos, les peces de la nostra indumentària.

—Vós, Carles, aneu a dutxar-vos i després reflexioneu a propòsit de la vostra conducta. I vós, Gaeli, vindreu amb mi. Us he de parlar.

Sortírem al carrer i vàrem caminar una bona estona sense dir-nos cap paraula. Ja era de nit, però feia lluna clara; l'olor de la terra nodria l'esperit de bons propòsits. De sobte, em vaig aturar:

—Ell ha començat, jo no en tinc la culpa. És un enze...

—No ho vulgueu arreglar així, home. Val més que us en penediu i mireu de no tornar-hi. Us volia parlar d'això...

»Vós i jo som els únics catalans de la nostra colla; no ens podem comportar de qualsevol manera. Altrament, quin judici formarien de nosaltres?

»No us baralleu mai si no teniu la seguretat de guanyar de seguida. Hi ha paraules correctes que fan més mal que els cops. Quan discutiu, cerqueu-les amb cura, apliqueu-les d'una manera justa. Si l'adversari fa el mateix joc i té més habilitat que vós, aleshores pegueu-li, però brutalment, procurant que amb una envestida n'hi hagi prou.

—Tot plegat, ha anat d'una manera diferent de com vós us imagineu. Ell ha insultat el meu amic Gorienko i jo no ho podia pas tolerar. Heu de saber...

Li vaig explicar l'entrevista amb Carles amb tota l'equanimitat possible. M'escoltà amb atenció, sense interrompre'm ni una sola vegada. Després, reflexionà uns moments i em digué:

—Realment, hi ha alguna cosa molt estranya en Gorienko. Vós el coneixeu, ho hauríeu de saber, i us convindria acostumar-vos al fet que la gent no sàpiga com cal jutjar-lo, i acostumar-vos, per tant, a rebre serenament el judici si aquest es produeix i resulta equivocat.

»No em digueu pas que em guardi de ficar-me en les vostres coses. Quan es va pel món amb un bagatge com el que porteu vosaltres dos, no és possible evitar les intromissions. Altrament, en el vostre cas concret, he adquirit el dret d'amonestar-vos, perquè heu perdut el control i una colla de drets civils, obligant-me a intervenir en un petit afer que no m'interessa gens.

»Voleu fer de déu i de profeta i munteu un espectacle en lloc de muntar un sistema. Viatgeu per conquistar un país i abans de lluitar us deixeu absorbir per la nostra intriga, tan terrenal i tan mesquina. Ara tinc el dret de preguntar-vos: Qui sou? Què us proposeu? ¿Què us *passa*?

Li podia replicar que no li reconeixia cap dels drets que s'havia atorgat per interrogar-me, però en aquells moments em sentia conciliador. Em vaig resignar a prosseguir la conversa:

—Heu de tenir en compte, pallasso, que Gorienko és un home déu veritable. És clar, per tant, que us resulta estrany, i que us planteja problemes que no podeu solucionar amb la vostra filosofia habitual. Em pregunteu què ens passa. Ens passa que la humanitat ha arribat a un cert grau de mesura, en un determinat aspecte i en una certa proporció. Un déu no la pot rendir amb els mateixos procediments d'abans. Han canviat les possibilitats de meravella del món, i allò que commovia les generacions pretèrites, ja no commouria en la mateixa mesura les generacions actuals.

»Ara us fa l'efecte que no sabem on anirem a parar, i imagineu que el nostre contacte amb vosaltres ens desorienta i ens paralitza. No ho cregueu pas. Gorienko ja sap el que es fa. Passa, però, que l'home déu té consciència de determinats fets abans de produir-se i es pot estalviar les provatures estèrils. Compreneu?

—Us comprenc a mitges. Per exemple, no entenc la confiança que teniu en la naturalesa sobrenatural de Gorienko. Podria ésser que, en comptes d'un home déu, es tractés d'un gran histèric. ¿Coneixeu les experiències del doctor Charcot, a la Salpetrière?

—Sí, però el Charcot de la Salpetrière era el Charcot pitjor. Si jo hagués viscut aquell moment, hauria estat partidari de l'escola de Nancy, que va acabar demostrant que tenia tota la raó. Per altra banda, no pretengueu pas que jo accepti la discussió sobre la naturalesa divina de

Gorienko. Un dels vostres grans histèrics no hauria retornat la vida a Anna. És ben clar.

—Hi ha *alguna cosa* d'això, evidentment. Però és que, si de debò existeix aquesta força, cal convenir que no la sabeu manejar. Un home déu, avui, pretendria dominar el món. Seria un gran general, o un gran dictador; aplegaria tots els homes equilibrats de la terra i els faria sentir la necessitat d'alçar-se, constituint un gran i poderós exèrcit. Tots els països i totes les races el requeririen i posaria en moviment aquesta força enorme per esborrar l'estultícia d'aquest món...

—Quin déu en sortiria, de les vostres mans, pallasso!

La fresca de la nit retornava. Lentament, la sensació d'inferioritat que em dominava davant d'aquell home que havia posat terme a una feblesa meva, desapareixia per deixar lloc a un sentiment d'equilibri interior, que no em conduïa encara a aprovar la meva conducta, però que ja em donava arguments per justificar-la. Vaig iniciar sobtadament el retorn a l'hotel. Ara era jo el qui presidia la situació i dirigia la marxa.

—Quan heu dit que em volíeu parlar, ¿us referíeu a Gorienko o bé al cas concret de la meva baralla?

—Una mica de cada cosa...

—Doncs bé: pel que fa a Gorienko, ja sabeu el meu punt de vista. Es tracta d'una mena de partit pres, i no tinc gens de ganes d'alterar-lo.

»La qüestió de la baralla és menys important del que us sembla. Vós us deixeu mal menar per les conveniències. Heu de saber que si els homes no fóssim tan impurs, ens pegaríem amb molta més freqüència.

»Heu invocat la nostra catalanitat; el que havíeu de fer, si de debò l'haguéssiu tinguda en compte, era agafar el primer bastó o el primer objecte d'art que us hagués vingut a mà i trencar-lo al cap del meu adversari...

—Parleu com si la civilització no us obligués gens.

—Si la civilització no m'hagués obligat, quan heu vingut a separar-nos, us hauria mossegat les cames.

Així parlant amistosament, arribàrem a l'hotel. En donar-me la bona nit, el pallasso va tenir una esgarrifança de fred; es va alçar el coll de l'americana i es dirigí cap a la seva habitació. Jo, en entrar a la meva, hi vaig trobar l'home déu que llegia. Va alçar el cap, em mirà fixament i digué:

—El pallasso té una mica de raó, Gaeli. T'has de dominar. Per a ésser un bon profeta, et falta bonhomia.

VII. La confessió

Jo em pensava que, després de l'incident amb Carles, mai més no podríem tornar a ésser amics. Em semblava que, des d'aleshores, procuraríem evitar-nos mútuament, i temia a l'avançada els contactes que la nostra convivència ens imposaria.

Però l'endemà mateix, vaig constatar amb sorpresa que no me'l podia mirar amb hostilitat, que sentia envers ell una natural simpatia, més forta que la que lligava la nostra amistat abans de barallar-nos. Vaig veure que ell em dedicava el mateix sentiment, i sense que féssim res per evitar-ho, ens obríem els braços i ens vàrem demanar perdó tots dos alhora.

Ja comprendreu que allò no era natural. S'hi endevinava d'antuvi l'atenció divina de Gorienko, però no em sabia gens de greu; de fet, aquell arranjament em retornava la tranquil·litat, en la mesura que m'era possible de fruir-ne.

I encara sort si aquella hagués estat la conseqüència més important de l'enamorament d'Anna! Havia de passar una cosa pitjor, les derivacions de la qual tingueren molta transcendència... Però seguiu, si us plau, la relació ordenada dels fets, tal com s'esdevingueren.

Durant uns quants dies, la gent del circ i nosaltres convisquérem feliçment. La polidesa presidia les nostres relacions i cada un oblidava aquelles coses dels altres que menys li plaïen i mirava de valorar allò que tenien d'agradable.

Maria Creis em feia objecte d'una creixent afició. Que em perdoni Déu (el Déu etern i totpoderós dels cristians), però crec que s'estava enamorant de mi; en una ocasió em va fer ofrena d'un portallibres, en el qual hi havia, brodat amb les seves mans, un gos que portava un cor a la boca.

Anna semblava ésser la menys preparada per a acceptar sense protesta aquell estat de coses. No deia res, però se la veia llanguir, i s'endevinava que la seva calma era només aparent; jo preveia que per qualsevol motiu deixaria de banda el seu capteniment i ens donaria feina. El que no podia preveure era que aquesta «feina» recauria damunt meu.

Un dia, després del seu número de circ, s'estava arreglant davant d'un tocador, i jo li feia companyia. Durant tot el matí l'havia dominada una agitació inexplicable i, a mesura que s'acostava la nit, anava perdent el control del seu enteniment. Es posava coloret a les galtes sense tenirne gaire cura, i es mirava al mirall, prement els llavis amb tanta ràbia que em feia por. Va trobar la meva imatge dins del mirall i s'hi va acarar amb un gest ardit, que la feia més bella, encara.

—Vós en teniu una mica de culpa —em digué—. Estimo Gorienko i ell no correspon al meu amor. Vós podríeu, si us ho proposàveu, influir en la seva conducta a favor meu.

Com veien l'amistat, aquella gent? I sobretot, com interpretaven la que m'unia amb l'home déu? No ho podia comprendre...

—Esteu en un error —vaig replicar—. No tinc cap poder damunt Gorienko. Jo pateixo tant o més que vós i no cerco la complicitat de ningú.

Es va girar d'una revolada i m'esguardà amb severitat. Després va fer una rialleta nerviosa:

—Vós també «patiu»? Voleu que us digui què sou vós i Gorienko? Sou un parell... d'invertits.

Li costà de dir-ho, però ho digué. Allò em va exasperar. A ella no li podia pegar i això no obstant tenia la necessitat imperiosa de venjar-me d'un insult que no hi ha cap home que toleri fredament. Se'm va ocórrer de seguida que jo podia esvair els dubtes d'Anna i fer-li ben palesa la meva virilitat. Podia salvar el meu honor malmenant el d'ella; era possible reivindicar-me i prendre venjança en una sola acció. Em vaig disposar a violar Anna.

Ella devia interpretar el meu propòsit, perquè es va alçar de la cadira, s'ofegà un crit d'angoixa amb el palmell de la mà i va retrocedir; però se'm pogué escapar. Li vaig engrapar l'escot del vestit i, d'una estrebada, em van quedar a les mans els sostenidors, un tros de camisa i una bona part de la seva brusa.

La carn d'Anna s'oferí als meus ulls. Amb un tros de roba, aconseguí cobrir-se un pit, però l'altre encenia el meu desig; ja no era l'amor propi el que m'empenyia cap a Anna, sinó la necessitat de posseir-la. Li tapava la boca amb les desfetes de la seva roba interior i amb la mà que em quedava lliure li desfeia el vestit a esgarrapades. La tebior del seu cos, el tacte meravellós de la seva pell i el perfum de la seva intimitat em llevaren totalment el sentit de la mesura. Cal dir, però, que mai com aleshores no m'havia semblat tan superflu el sentit de la mesura.

Anna bleixava sota meu. Per un moment, alliberà la boca de la pressió que l'oprimia i va fer un xiscle; però jo ja l'havia feta meva i el meu desig s'havia ensenyorit d'ella. Si algun europeu llegeix això, es preguntarà tot seguit si jo no m'avergonyeixo d'aquesta conducta. Què voleu que us digui!

Altrament, gairebé abans de fer ben palès el meu triomf, el destí m'enviava els elements necessaris per castigar-me. Vasna, el faquir, havia sentit el crit d'Anna i va entrar al lloc on ens trobàvem, tallant la lona del circ amb un sabre oriental. Amb una ullada, es va adonar del que passava. I trià l'arma per tal d'esberlar-me el crani; en aquells moments, els ulls de Vasna lluïen més que la fulla d'açer que esgrimia, i vaig creure de debò que el meu pas per la vida s'acabava. Però, com a darrer recurs, vaig invocar l'home déu:

—Gorienko, Gorienko: si no fas un miracle estic perdut!

I el miracle es produí. Vasna, en el precís moment que anava a descarregar-me el cop, va deixar caure el sabre de les mans, va fer una terrible ganyota, encreuà els braços damunt del pit i caigué estenallat a terra. L'havia colpit un atac d'apoplexia.

Quina escena més trista, Senyor! Anna, nua i colltorçada en un racó, plorant i esbullant-se més encara els cabells. El faquir estès a terra, amb la contorsió de la mort, i el sabre al seu costat amb la fulla brillant i neta. Els mobles tombats, la roba esquinçada, la lona del circ malmesa, i jo al mig, presidint-ho tot, mentre em cordava el vestit i esbatanava els ulls tant com podia.

Vaig fugir nit enllà, cap a l'hotel, per tal de trobar Gorienko. I el vaig trobar que preparava les maletes i tenia tota la cambra desordenada.

—Que fugim?

—Sí, Gaeli. Has fet impossible la nostra permanència aquí. Això d'ara no té remei.

Pel camí, mentre una tartana ens duia a l'estació, vaig preguntar a l'home déu, després d'un llarg silenci:

—Però vols dir, Gorienko, que ens calia fugir? ¿No podies desfer, amb el teu poder, tota aquesta xarxa d'amors mal encaminats?

—Impossible, amic meu. ¿No has llegit en milers i milers de llibres que l'amor és més fort que la mort? És més fort que res, l'amor, més fort que jo. No hi ha miracles que hi valguin.

—És veritat.

Abans de pujar al tren, vaig agafar Gorienko pel braç:

—Escolta: et vull demanar una cosa. Retorna la vida a Vasna...

—Concedit.

—I et prego, també, que esborris del cos d'Anna tots els senyals de la meva violència.

* *

Viatjàrem durant unes quantes hores. No seguírem pas un itinerari marcat d'antuvi (jo, almenys, ho creia així), i semblava que confiéssim a l'atzar el traçat de la nostra ruta. Gorienko mostrava una gran taciturnitat; tenia els colzes damunt els genolls, el cap entre les mans, i la mirada clavada a terra. No deia cap paraula. En alguna ocasió jo li preguntava coses referents al viatge, i no em tornava cap resposta.

Quan començava a clarejar el dia, vam arribar a un petit poble, tan adormit i tan quiet, en aquella hora, que semblava abandonat. Trucàrem a la porta d'un hostal de carretera, i sortí a obrir-nos una mossa ensonyada, rondinaire, que pel que semblava no podia entendre que la gent anés pel món tan de bon matí.

Ens asseguérem davant d'una taula; la noia ens portà vi i ens va deixar sols. De fet, el mutisme de l'home déu em contristava. Hi havia alguna cosa de vexant en aquella manera seva de *no sentir* les paraules que jo li dirigia, i em mortificava el seu posat d'ignorar la meva presència. En el transcurs del viatge, la companyia d'altra gent, i el soroll dels vehicles que ens portaven, m'havien permès suportar resignadament aquella actitud. Però, aleshores, el silenci feia massa evident la incomoditat del paper que jo representava, i em va semblar que no em podia aguantar més. Em vaig alçar a fi de passejar per la sala de l'hostal a grans gambades i fer que Gorienko s'adonés de la seva impolidesa, però tot just m'havia incorporat, que ja l'home déu em retenia:

—No te'n vagis, Gaeli. T'he de parlar.

Ara em mirava amb una mirada trista, i fins i tot em semblà que tenia els ulls humits d'haver plorat. Tenia un posat resolut, com si hagués arribat a una conclusió definitiva.

—No et vull enganyar més —digué—. T'he de fer una llarga confessió.

«El dia que ens vam conèixer, em preguntares per què intentava la meva experiència a Catalunya, i per què abans no havia fet la prova a una altra banda. En aquella ocasió, vaig creure que em podia estalviar d'explicar-te el resultat de la meva actuació anterior. Venia ple d'entusiasme, em semblava que havia trobat realment l'escenari propici per a dur a terme la meva missió damunt la terra; volia oblidar els meus recents fracassos i, sobretot, volia guanyar-me la teva confiança absoluta. Per què explicar-te la meva derrota i fer-te participar en un desencís que havia estat a punt d'anorrear-me? Jo atribuïa el fracàs a la falta de puresa dels homes, i com que tenia el convenciment que les revolucions posen al descobert allò que de més pur conté l'instint de cada poble, creia de bona fe que el vostre estava preparat per a comprendre'm.

»Però m'adono que no és pas en els altres el germen de la meva ensulsiada, sinó que el porto jo mateix al damunt. Tinc l'aparença d'un home, però no puc viure la vida dels homes, ni puc experimentar cap de les passions que us agiten. Les meves i les vostres topen sempre. Sóc un monstre!

»Se m'ha donat un poder sense explicar-me la manera de servir-me'n; el pallasso del circ tenia raó. Em trobo com un capità de vaixell al qual donen la sortida lliurant-li un sobre clos, que haurà d'obrir a alta mar per saber l'objecte del viatge. Però jo he obert el sobre i a dins hi he trobat un paper en blanc.

»A tot arreu he vist que un home déu era un senyor que feia nosa; a tot arreu he trobat escriptorets volterians disposats a fer broma amb les coses més sagrades. He tingut, en diverses ocasions, la sensació dolorosa d'estar passat de moda. Si jo hagués pogut seguir a temps el consell del pallasso, convertint-me en un dictador! Però, ben mirat, per a ser un dictador no cal un bagatge tan important. Un dictador surt de qualsevol cosa.

»De petit, em vaig adonar molt aviat del meu poder, i

em vaig adonar alhora que calia amagar-me'n com d'una cosa lletja. Vaig creure que allò que em passava a mi només passava als sants catòlics, i em va semblar que tenia l'obligació d'ésser bo, però essencialment bo, depassant els límits de la bondat humana ideal. Els meus pares estaven desolats. Sovint em deien que era un enze, que ésser massa bo volia dir ésser taujà i que mai no faria res que tingués importància. A vegades, els sorprenia paraules com aquestes:

»—Aquest noi no el podrem aprofitar per a res. Si almenys hagués nascut en un altre país, el faríem cobrador de germandats. Però aquí, serà un infeliç durant tota la vida...

»Els meus companys de jocs abusaven de la meva bondat i em feien objecte de tota mena d'humiliacions; la meva infància va ésser torturada, tan trista d'ésser viscuda que tinc arrugues a la cara que em sorgiren aleshores. Cercava, tant com podia, la soledat, i si volia fer un miracle, el feia d'amagat, fora de l'abast de les mirades dels meus parents i coneguts.

»Un dia, va arribar a les meves mans un gravat que representava un automòbil de joguina; fins aquell moment, res en el món m'havia fet tanta il·lusió com arribar a posseir una cosa semblant. Em fou impossible resistir a la temptació: em vaig tancar a la meva cambra i vaig realitzar el miracle de fer sorgir del no-res un automòbil. Em va quedar molt bé; fou un dels primers miracles meus aconseguits amb rapidesa i netedat. Era prou gran perquè jo hi pogués pujar i tenia una petit motor de tracció, amb totes les característiques d'un automòbil normal.

»Cada dia havia de refer el miracle de la joguina, perquè convenia fer-la desaparèixer després d'haver-hi jugat. Les hores que vaig passar tancat a la meva cambra, corrent amunt i avall amb el cotxe, són les millors de la meva vida. Però en una ocasió, en la qual em devia haver oblidat de tancar bé la porta, va entrar el meu pare i em sorprengué. Em va mirar amb un posat d'esbalaïment extraordinari, i, agafant-me pel braç, em preguntà:

»—D'on ho has tret, *això*?

»L'instint m'advertia que no era possible revelar-li la veritat, i malgrat tot, jo no trobava cap explicació per substituir-la. Tenia un acorament tan greu que m'era impossible fer altra cosa que acalar els ulls i esperar resignadament la decisió paterna.

»—Apa, digue'm la veritat! —insistí el meu pare—. Digue'm de qui ho has pres, això, lladret. Vet aquí on t'ha menat el teu ensopiment, bleda, més que bleda. Ara perdràs la llibertat i els teus pares es moriran de vergonya!

»Allò sí que no ho podia suportar. Imaginar només que jo seria el causant de la mort dels meus pares em feia tant mal que les llàgrimes se m'escorrien galtes avall; fent una gran violència, vaig mentir:

»—Me l'han deixat, l'automòbil...

»El meu pare m'engrapà pel clatell.

»—Ah, sí? Te l'han deixat? I qui és que te l'ha deixat?

»Va dir aquestes paraules amb un to mofeta, mentre em premia la carn cada vegada amb més força. El cor em deia que estava dins de les meves possibilitats fer-li canviar aquell tarannà i fins i tot obligar-lo a creure qualsevol explicació que se m'hagués ocorregut. Però influir en l'enteniment del meu pare em semblava un dels pecats més grans que jo podia cometre, i em vaig estimar més continuar mentint i deixar a la seva voluntat el creure'm o no.

»—Me l'ha deixat el fill de Vasili Fossiaguin.

»Ignoro els motius pels quals el meu pare es va prendre aquell afer amb tanta empenta, però el cert és que va agafar l'automòbil amb una braçada i m'empenyé a mi cap al carrer.

»—Ho aclarirem de seguida, això. Anirem a veure Vasili Fossiaguin.

»La mare, mentre sortíem, em va fer un gest amb la mà que significava al pare que no em tractès amb violència, que tingués en compte que jo era un benaventurat sense pena ni glòria. Quan em vaig veure dalt del carro que ens conduïa a casa de Fossiaguin, amb l'automòbil sobrenatural al meu costat i el pare mirant-me amb un posat sorrut, no em fou possible evitar la desesperació;

els sanglots em sacsejaven tot el cos i un doll de llàgrimes em cobria la nineta dels ulls i veia la imatge de les coses trencada i aquosa. No podia parlar, ni podia pensar en altra cosa que en la meva dissort. Estava tan atuït que ni tan sols em recordava del meu poder de fer miracles.

»Vasili Fossiaguin va cridar el seu fillet, Vàvia, un dels nois més cruels del poble, i el que m'havia fet sofrir més, i entre tots dos van explicar al meu pare que mai en la seva vida havien vist l'automòbil, que els semblava mentida que jo hagués tingut la murrieria d'embolicar-los en aquell afer, i que calia no fiar-se de les meves llàgrimes i aclarir ben bé aquell assumpte tan obscur. Vaig sentir com el vell Vasili deia al meu pare que ell sempre havia vist que els nois massa quiets acabaven inevitablement per ésser els criminals més grans, i li recomanava que em subjectés ben bé les brides, si és que encara era a temps de fer-ho.

»El pare em va pegar (era la primera vegada que ho feia); m'obligà a pujar al carro novament i retornàrem a casa. Allí va reunir tota la família —la mare, l'oncle Semeu, la tia Nàstia i el cosí Leònidas— i els va dir solemnialment:

»—La vergonya i l'oprobi han caigut damunt nostre. En Miquel és un lladre i un mentider, que ha robat un automòbil de joguina i no em vol dir de qui és. Ara el tancarem a la seva cambra, castigant-lo sense sopar, i demà de bon matí dipositaré l'objecte furtat al local del soviet i faré un pregó perquè el seu legítim propietari el pugui recollir. Mentre decidim què cal fer d'en Miquel, el considerarem com a no pertanyent a la família, a fi d'evitar que el seu parentiu ens deshonori. Que tothom ho tingui en compte.

»Em van tancar a la meva cambra i allí vaig tenir ocasió de plorar més amargament del que ho havia fet fins aleshores. Diverses vegades havia estat a punt de revelar la veritat als meus pares, però m'adonava que, als seus ulls, aquesta veritat seria la mentida més grossa. Prop de mitjanit, amb l'esperit desvetllat i els ulls oberts, vaig decidir fer el miracle de la desaparició de l'automòbil, a fi d'evitar les noves complicacions que portarien aparellades el gest i el pregó que m'havia anunciat el pare. Vaig fer el miracle, doncs, i em vaig adormir, lleugerament esperançat en la bonhomia de les hores que s'acostaven. A l'endemà, em va desvetllar el pare, sacsejant-me les espatlles i cridant desconsideradament:

»—On és l'automòbil, Miquel? On l'has amagat?

»Havia decidit fingir una completa ignorància d'allò que hagués pogut esdevenir a la joguina. És clar que tot el meu procedir era pueril i que, amb una bona administració del meu poder, hauria pogut resoldre aquell afer d'una manera més correcta, però no s'ha d'oblidar que jo era un infant, i encara, a més d'això, cal tenir en compte que un home déu té assenyalat el seu destí com un altre home qualsevol, i amb freqüència cal que ens hi adaptem, contrariant la nostra voluntat; hi ha moments en els quals el nostre poder ens abandona, i aleshores som com una barca sense governall i seguim el camí que ens marca una mà infinitament més poderosa que la nostra. Recorda't d'això, Gaeli, cada vegada que et sembli incomprensible la meva conducta.

»Així, vaig fer veure que em sorprenia molt el fet que el meu pare no hagués trobat l'automòbil en el mateix lloc on l'havia deixat el dia abans, i vaig declarar que, per a mi, aquell assumpte era molt obscur i que no podia mesurar-ne la importància. El pare assajava tots els tons per tal de persuadir-me:

»—Apa, Miquel, no em vulguis enganyar. Com has aconseguit obrir la porta de la cambra? Com és que no has fet gens de soroll? On has amagat l'automòbil?

»Quan va veure que no era possible fer-me abandonar la meva actitud, es va estirar els cabells amb les dues mans i sortí de la cambra, cridant desesperadament que tenia un mal que seria, o que era ja, la ruïna de la família, i la vergonya del Partit. Des d'aquell moment, els meus pares van posar a prova una nova actitud per adreçar-me. Es comportaven com si ignoressin la meva presència, i passaven pel meu costat amb el mateix aire i dedicant-me la mateixa atenció que si jo hagués estat un moble molestós i inservible. No em deien res, no contestaven les meves preguntes, i em portaven el menjar a la meva cambra, amb un plat que deixaven a terra, significant que jo no mereixia pas més atencions que un gos.

»Van fer pública una nota dient que si algun camarada s'havia vist desposseït d'un automòbil de joguina, la meva família en respondria, a mesura dels seus recursos. A més, van contractar un equip d'homes que excavaven el jardí i tiraven parets a terra, cercant delerosament l'objecte desaparegut. Va començar a córrer la veu que el meu pare s'havia tornat boig, i el cert és que la seva conducta ajudava a fer prosperar aquesta idea. Ell era l'únic que em dirigia la paraula, però era sempre per a preguntar-me el mateix:

»—On és l'automòbil? On l'has amagat?

»Jo no podia pas aguantar aquella situació durant gaire temps. M'aprimava d'una manera visible, i les llàgrimes, de tant prodigar-les, m'havien marcat una canal a cada banda del nas. Vaig decidir fugir de casa, però la meva fuga havia d'anar acompanyada de circumstàncies especials, perquè el meu pare era tan obstinat que m'hauria fet cercar per tots els racons de la terra. Després de pensar-ho molt, vaig acordar fer el miracle de crear damunt del meu llit un cadàver com el que m'hauria escaigut si jo m'hagués mort de tristesa per la incomprensió familiar, i després d'haver reeixit en aquest propòsit, vaig abandonar casa meva.

»Mai com aleshores no m'havia sentit tan amo de la meva voluntat; en aquella època, em fou possible de comprendre que molt sovint els vagabunds són els veritables senyors de la terra, i no hi havia res, cap insecte, cap flor, cap de les coses que el món nodria per al meu divertiment, que no em rendís vassallatge. Havia canviat el meu cognom per tal que ningú no pogués invocar cap lligam per retenir-me, i, a fi de trencar resoltament amb la meva vida anterior, vaig abandonar el territori de la URSS.

»Abans de realitzar aquesta decisió, havia meditat llargament sobre allò que m'escauria fer en esguard a la meva condició sobrenatural, i em va semblar que en el curs de la meva estada entre els homes caldria estalviar tant com fos possible les manifestacions del meu poder, puix que la raó m'advertia que la gent només està en condicions d'estimar allò que comprèn. Vaig dir-me que ja vindria el moment de la grandesa del meu destí, i que calia confiar que Aquell que m'havia donat la força, em donaria també l'oportunitat de servir-me'n amb saviesa.

»Així, doncs, vaig deixar la meva pàtria i vaig entrar al país dels polonesos com un home qualsevol. Per tant, calia que cerqués la manera de guanyar-me la vida, i vaig col·locar-me en qualitat d'aprenent a casa d'un flequer establert en un poblet de la frontera. L'amo de la fleca era un xicot jove, i feia pocs dies que s'havia casat. La seva dona era molt bonica, obedient i submisa com no en corren gaires, i en conjunt feien un matrimoni tan feliç que guanyaven el cor de totes les seves coneixences. Ell havia treballat durant uns quants anys en unes mines de tugstèn, i quan va haver fet els estalvis necessaris, va comprar el negoci del pa i prengué muller. Ella era una pagesa pobra, però tan virtuosa i d'un natural tan afable que tots els fadrins la festejaven. Es van conèixer en una fira d'estiu, es van agradar mútuament i el mateix dia de la seva coneixença es van jurar eterna fidelitat.

»No sé si et podré donar una idea de l'acord perfecte d'aquell parell d'enamorats, però caldrà que m'hi esforci per tal que puguis comprendre millor fins a quin punt fou lamentable el que s'esdevingué després. No podien romandre junts sense assetjar-se amb l'exercici d'una colla de petites atencions, l'ésser objecte de les quals hauria estat irritant per a qualsevol persona que no estigués tocada d'amor. Cada un d'ells procurava que l'altre anés ben abrigat quan feia fred i lleuger de roba en temps de calor; si l'un emmalaltia, l'altre cuitava a perdre la salut, i els dies joiosos sempre despuntaven alhora per tots dos, i els dies tristos els atuïen en la mateixa mesura. Com les més pures bestioletes del Senyor, no s'avergonyien d'estimar-se davant les altres persones, i de la mateixa manera que una parella de coloms no deixa de donar-se el bec perquè la gent la mira, tampoc ells dos no es privaven d'acaronar-se i de fer-se tendríssimes moixaines davant de persones forasteres. A vegades, ella deia al seu espòs:

»—Voldria que l'home més ric i més poderós de la terra, i el tingut com el més bell per totes les altres dones, s'enamorés de mi i demanés el meu amor. Aleshores, jo li diria que tot ell, amb tot el que valgués als ulls de l'altra gent, era menys important per a mi que un pensament teu.

»Ell deia que els homes no havien reeixit a inventar cap llenguatge que pogués expressar la intensitat del seu amor ni la bellesa d'ella, i li prometia dedicar tots els seus ocis a crear paraules que servissin bé aquesta finalitat primordial. I no s'acontentava pas amb la promesa, sinó que, a vegades, li deia coses com aquestes:

»—Maria: ets la dona més *boalla mian casseru* de la terra.

»O bé:

»—T'estimo tant, que jo per tu *piretius olama farvuma.*

»Tant això expressava sentiments que, segons sembla, no podien ésser expressats d'altra manera.

»A mi, em van acollir tots dos amb una particular bonhomia. M'oferien ensenyar-me l'ofici, i donar-me hostalatge i menjar, a canvi dels meus serveis com a aprenent.

»Des dels primers dies, vaig veure que la marxa del negoci no contribuïa pas a la felicitat del matrimoni, sinó que la feia més difícil. Sembla que el meu amo, pel fet d'ésser un sobrevingut en l'ofici dels flequers, no sabia donar el punt de dolcesa que esqueia a una mena de coques tradicionals, molt apreciades pels habitants d'aquella contrada polonesa, i, en canvi, en el mateix carrer de la nostra botiga, hi havia una casa els amos de la qual es transmetien de pares a fills una fórmula molt ajustada, que els permetia la confecció d'unes coques famoses a tota la comarca. I perquè vegis fins a quin punt cada terra té la seva llei i el seu costum, cal que sàpigues que en aquell país el negoci de flequer és un mal negoci si no es venen moltes coques, puix que els altres articles són poc remuneradors.

»Això feia que la parella hagués de dedicar grans despeses d'enginy al sosteniment de l'economia domèstica, i encara, molt sovint, l'enginy no abastava a superar els problemes que la manca de diners els plantejava; en aquelles ocasions, la joia del matrimoni s'apagava molt i, a l'un i a l'altra, se'ls escapaven paraules i actituds reveladores d'allò que hauria estat la seva vida si la felicitat no els hagués distingit tant.

»Vestien modestament, en contrast amb els altres flequers de la contrada, que s'agradaven de lluir-se amb el pretext de les festes, vestint-se amb abillaments de luxe. Menjaven amb una sobrietat tan gran que, segons en quins dies del mes, s'assemblava molt a la misèria, o tenien la casa pobrament arreglada, plena de racons que esperaven la carícia de la prosperitat.

»Et semblarà estrany que escollís precisament aquesta casa per cercar-hi col·locació. A mi, cada vegada que hi penso, també m'ho sembla, i no he pogut evocar mai l'estat d'esperit que em va impulsar a fer-ho. El cert és, però, que m'hi vaig col·locar i que molt aviat em vaig aficionar tant als meus amos i em van merèixer una estimació tan gran, que participava en les seves joies i dolors en la mateixa mesura que ells. Heus aquí, Gaeli, una cosa que un déu no ha de fer mai: barrejar-se amb la gent fins al punt de fondre el propi destí amb el destí dels altres.

»Des del principi, se'm va ocórrer la idea d'ajudar el matrimoni amb algun miracle. Podia intentar diverses coses; podia fer que els habitants de la contrada trobessin millors les nostres coques, tal com eren, que no pas les dels altres flequers. O bé podia fer que les coques de casa ens sortissin realment millors que les altres. Podia provar un capgirament de l'usatge local que feia que la resta dels articles dels flequers no fossin tan remuneradors com les coques; podia fer que els meus amos descobrissin una gerra d'unces en el jardí, o que heretessin, o bé que tinguessin premi en una rifa jugada per ells, a causa d'un simple encadenament de circumstàncies, en un país on fossin celebrades rifes importants.

»Podia intentar una colla de solucions, però totes eren perilloses, totes comportaven el risc de posar al descobert la meva condició divina, o bé, en el millor dels casos, totes eren susceptibles de crear situacions complicades per als meus amos, puix que els seria difícil donar a l'altra gent explicacions que no podrien trobar per a ells mateixos.

»Pensant així, vaig passar una bona temporada compartint les privacions del matrimoni sense decidir-me a atenuar-les, fins que va arribar un moment en el qual em vaig sentir tan lligat a la vida d'aquella família que les seves dissorts em feien més mal a mi que no pas a ells, i aleshores sí que em va semblar oportú d'intervenir. Però vaig decidir fer-ho de la manera que pogués passar més desapercebuda i que, als ulls de tothom, no trenqués la normalitat que la gent s'estima tant sense adonar-se'n.

»Els flequers guardaven els seus guanys en un moble equivalent a les calaixeres catalanes, i en ell, dins una nou de cocoter que els havia pervingut d'un parent que negociava a l'Àfrica. Vaig fer el miracle que, en acabar el mes econòmic de la família, la nou de cocoter no quedés mai buida del tot, i sempre hi havia a disposició del matrimoni quatre cèntims que sobraven de les despeses generals. A fi que ells mateixos s'ho poguessin explicar, vaig fer que la mestressa tingués la idea de canviar la combustió de la seva cuina, que era a base de gas, per un sistema més barat, i que se li acudís de reduir les bugies de totes les bombetes de la casa. I vaig fer que l'amo provés d'usar una farina de més baixa qualitat, però que no valia tants diners i en canvi allargava més. I d'aquesta manera, l'un atribuïa la bona tongada a la seva habilitat a fer els comptes i l'altra a la seva sagacitat d'administradora de casa, i com que així i tot el seu enteniment els advertia que la prosperitat era desproporcionada a allò que creien haver fet per obtenir-la, feien els ulls grossos, donaven gràcies al cel i anaven portant ciris a un sant del qual eren molt devots.

»A Polònia, com a tot arreu, la gent creu a ulls clucs aquella fórmula màgica que diu que diner crida diner, i així cada vegada els causava menys estranyesa veure que la nou de cocoter sempre contenia alguna cosa; la seva felicitat assolia una plenitud mai no vista, i es dedicaven a estimar-se amb tanta tendresa que, només de veure'ls, un sentia el desig d'enamorar-se.

»Va venir un dia en el qual ell va haver de sortir de viatge per tal d'acudir a un mercat de farines. S'esqueia que per aquella època s'acostava la festa del seu sant, i aprofitant la seva absència, la mestressa hauria desitjat comprar-li un present; però com a cabals sobrers, la nou de cocoter contenia només cinc o sis cèntims i amb aquella quantitat no era possible fer res que no hagués semblat de broma. Ho desitjava tant, la flequera, fer un present al flequer, que es va entristir tota i m'encomanà a mi la seva pena. Jo estava enllaminit per l'èxit i la discreció del meu miracle, i em va semblar que podia insistir i fer més extens aquell do de fer sortir diners d'allí on no n'hi havia. En conseqüència, vaig fer que la mestressa sentís la pruïja de posar ordre en un armari de mals endreços, que romania tancat durant llargues temporades, sense que ningú no passés cap neguit pel seu contingut. Allí, la flequera hi va trobar, per gràcia meva, una mitja de llana lligada amb una cinta, que constituïa una bossa improvisada i que contenia un bon grapat de moneda. De moment, la dona es va meravellar de la troballa, però, després de rumiar-ho molt, li va semblar que recordava haver perdut, temps abans, aquella mitja i aquells diners. Però no es va capficar gaire a escatir-ho. Se li acudí de seguida que podia esmerçar la quantitat a comprar alguna cosa pel seu marit, i la joia li llevà el sentit de l'equilibri. Li va comprar un rellotge de plata, amb tres tapes, tan gran i tan gruixut que era ben bé un rellotge de flequer polonès. Entre ella i jo arreglàrem una capsa amb una bona llaçada a fi d'aconseguir que el present fes tot el goig possible, i després ja no ens restà altra cosa a fer sinó esperar amb impaciència el retorn de l'amo.

»Ell va arribar, precisament, el dia mateix del seu sant, de bon matí. Alguna cosa del viatge li devia haver sortit molt malament, perquè retornava seriós i emmurriat com jo no l'havia vist mai. A fi d'ésser discret, vaig deixar l'amo i la mestressa sols en el menjador, però no em vaig poder estar de mirar-los pel forat del pany, amb la intenció de participar en una joia que en una gran part se'm devia a mi. Però el meu poder no va abastar a preveure el drama que s'anava a desenrotllar a l'altra banda de la porta que m'amagava, i amb un ull cluc i un ull ben obert, mirant per un forat una mica més gran que una llentia, vaig ésser testimoni de la següent escena:

»Primerament es van abraçar, i el rostre d'ell s'aclarí una mica; després ella es tragué de la butxaca la capsa amb el rellotge i la hi va ofrenar. El flequer es va esponjar tot, va dir que aquell era el rellotge més bonic que havia vist en la seva vida, i, oblidant el seu apesarament, va abraçar la seva dona i la va besar amb una gran tendresa. Però, de sobte, es van separar i entaularen el següent diàleg:

»—Aquest rellotge és de plata. Deu valer molts diners. D'on els has tret?

»—És una cosa meravellosa, maridet meu. Els he trobat dins una mitja, en l'armari de mals endreços.

»—És molt estrany, això. Mai no hi ha hagut tanta prosperitat a casa nostra que ens permetés oblidar quantitats així pels racons. No ho entenc pas.

»—A mi també m'ha semblat una cosa extraordinària, però no m'hi he amoïnat gens. Aquests diners m'han vingut molt bé per a fer-te el present i els he rebut com un do del cel.

»—Bé, sí, però em sembla que, amb això dels dons del cel, en fem un gra de massa. Aquesta explicació va bé per la mica de prosperitat de casa nostra, i això encara sense mirar gaire prim. Ara ja és diferent. Ara no estic disposat a portar un ciri a sant Ladislau i a deixar-ho córrer.

»—Però per què t'ho prens així, maridet? Procurem de fruir del nostre benestar, que és ben adquirit, i no ens preocupem d'altra cosa. Quin mal hi pot haver a usar honestament uns diners que la Providència ens envia?

»—És que tinc por que no em passi com al senyor aquell de l'acudit. Era un senyor que un dia va trobar un amic que li advertí lleialment que la seva dona tenia un amant. I en constatar-ho, el senyor digué: "Ara comprenc com, guanyant només tres-centes pessetes de sou, en podia pagar cinc-centes de lloguer." M'entens?

»—Què vols dir amb això? Ara m'has ofès! No me l'havies dita mai una cosa així! Jo ploraré! Ja estic plorant! Ja sóc la dona més dissortada de la terra!

»I es va posar a plorar i picar de peus.

»—T'enutges, eh? Això és que et sents culpable. Quina dissort més gran, Senyor! Què he fet jo per merèixer una cosa així? I jo que em creia tenir la més bona, la més lleial, la més virtuosa de les dones!

»Es va arrencar un grapat de cabells i prosseguí.

»—Qui és *ell*? Apa, digue-m'ho, que us vull escanyar a tots dos!...

»Ella es va enfurir tant que es deixà dominar per l'histerisme, i agafà un gerro de faiança que hi havia damunt la taula i el va llençar contra ell. Jo estava horroritzat. Posava en tensió tota la meva voluntat per fer canviar el curs de l'escena, però el poder no m'obeïa i el matrimoni s'anava desfent sense que ningú ho pogués evitar. La flequera era gairebé tan àgil i tan forta com el flequer. Van començar a pegar-se d'una manera que feia mal al cor de veure'ls.

»No ho vaig poder aguantar gaire estona. Convençut que no m'era possible fer-hi res, vaig fugir d'aquella casa, corrent, i no em vaig aturar fins arribar a l'estació del poble, de la qual estava a punt de sortir un tren que se n'anava cap al sud. Vaig agafar el tren i mai més no he sabut altra cosa d'aquell poblet, ni d'aquella família.

»Ja et pots imaginar el meu estat d'esperit durant el viatge. Em sentia culpable d'haver destruït una felicitat que tenia tots els elements per anar fent, sense la meva intervenció, i la desfeta era total, sense cap raó que la pogués atenuar. No em perdonava d'haver oblidat el propòsit que m'havia fet d'usar molt poc o gens el meu poder, i em prometia que, d'aleshores en endavant, me'n serviria amb la màxima moderació.

»Vaig anar a parar a una ciutat important, i vaig resoldre quedar-m'hi. Per quines raons? No ho sé pas. En aquells moments tenia la impressió que era convenient encetar un període d'espera, en el curs del qual em caldria passar desapercebut, i per a aquest fi una ciutat gran em semblava millor que una de petita.

»Durant uns quants anys vaig fer de peó d'una colla d'oficis. Vaig ésser mosso de farmàcia, portamires d'una brigada topogràfica, ajudant de manteller, lampista, home de neteja pública, model d'escultor, aprenent de compensador oficial d'agulles nàutiques, dependent de ferreteria i soldador. I tot això com a noi estranger cercant ventura en un país amb el qual no em lligava cap sentiment ni cap record, afectant una normalitat profunda, sense utilitzar el poder fora de la intimitat de casa meva, i encara amb una circumspecció tan gran que ni la dispesera ni les veïnes més manefles mai no en tingueren esment.

»Quan em va semblar haver assolit aquesta edat en la qual els joves qualssevol cerquen la manera de donar una direcció ben determinada a la seva vida, vaig fingir la possessió d'uns estalvis que em permetien freqüentar la universitat i una noble ambició que m'obligava a anar-hi.

»A la universitat hi vaig fer una rara fortuna. Em sabia sempre la lliçó, i els dies en què el catedràtic no s'havia estudiat ben bé la seva, l'acorava amb preguntes tan ajustades i tan sàvies que l'home sentia la humiliació de la seva insuficiència i es feia el propòsit de repassar-se la carrera. La fama del meu talent em va guanyar l'amistat de tots els meus companys i, com que a més jo feia el miracle d'ésser simpàtic i ben vist als ulls de tothom (miracle que, si la gent hi veiés clar, hauria posat en evidència més que no cap altre la meva naturalesa divina), no hi havia ningú que no es considerés honorat per una salutació meva, ni cap festa on la meva presència no fos sollicitada, ni cap consell on la meva paraula no fos escoltada i obeïda.

»Però tot això, que ja m'havia fet creure que podria cloure aquell període amb un balanç favorable a la meva sagacitat d'home déu, va ésser la causa d'una nova dissort. Un any, vaig fer els exàmens de final de curs d'una manera tan brillant (em vaig anar engrescant i vaig parlar fins i tot del resultat d'una experiència bioquímica que encara va tardar tres setmanes a realitzar-se), que els meus companys i els professors em van ovacionar i van decidir honorar-me amb la celebració d'un gran àpat.

»La festa va ésser molt bonica. Em dedicaren discursos bellíssims, on em van dir, sense ofendre la meva modèstia, allò que creien que jo valia i podia. Menjàrem amb moderació, perquè tots nosaltres érem gent que concedíem més importància a les coses de l'intel·lecte que no pas a la satisfacció dels nostres apetits. Però aquesta reflexió tan assenyada no ens va servir per a usar amb sobrietat de les begudes, i beguérem desmesuradament. Vàrem tastar tots els vins nacionals i els més famosos de l'estranger. Provàrem els licors més coneguts sortits de les mans de sis o set menes diferents de frares i els anisats i els tònics digestius més recomanats per la publicitat local.

»Una joia pura i desinteressada ens anava guanyant el cor. Algun catedràtic va començar a explicar acudits picants, i en rèiem la gràcia abans d'arribar al desenllaç, de purament disposats que estàvem a considerar totes les coses pel seu caire més divertit. Un xicot de la conca del Vístula va entonar una cançoneta i tots l'acompanyàrem, fent en conjunt una massa coral que es devia sentir des de molt lluny del lloc on ens trobàvem. A mi em van agafar de sobte unes ganes irreprimibles de fer plagasitats miraculoses. Quan m'hauria hagut d'adonar de com era de perillós embriagar-me en la meva situació, ja no hi era a temps i em lliurava a utilitzar el poder fent els miracles que el vi em suggeria.

»Vaig fer que a tots els senyors presents sense pèl a la cara els sortís una bona barba, i que esdevinguessin calbs aquells que no ho eren; vaig fer que el rector de la universitat, un ancià obès i curt de cames, canviés el seu vestit d'etiqueta per un escaient vestit de Colombina, i un catedràtic que tenia l'embriaguesa trista i corria el risc de malmetre'ns la festa, el vaig convertir en una planxa de conglomerat de suro. La ponxera es va transformar en una barca que navegava damunt de les tovalles, tripulada per dues pinyes d'Amèrica que vogaven adeleradament, i el professor de matemàtiques, que era un conegut antisemita, es va tornar jueu de cop i volta, amb el nas camús i tot, i va començar a negociar la venda de les botelles buides.

»Allò va emmurriar tant els meus companys, que tots plegats decidírem sortir al carrer per tal de tenir un camp més ample per al nostre divertiment. La jornada s'estava acabant, però pels carrers hi havia encara força gent a punt de trobar meravelloses les meves mutacions. Als homes que passaven prop meu, els convertia la corbata en un pastisset de gelatina de pollastre i feia que els monyos de les dones quedessin transformats en nius d'aloses. Ens vam aturar davant l'estàtua eqüestre d'un gran general de la història polonesa, i convertírem (m'ho suggerí el professor de Ciències Naturals) el cavall de bronze en una tartana, muntat en la qual el personatge adquiria tot un altre aspecte. Al nostre pas, els fanals esdevenien confessionaris, les farmàcies cases de compromís, i els policies urbans alades ballarines que, amb les seves danses, contribuïen al gaudi dels vianants.

»Vam anar fent aquesta mena de broma fins ben entrada la nit, i quan estiguérem cansats de deambular i de fer el plaga, cada u de nosaltres se'n va anar a casa seva, la qual, miraculosament, sabérem trobar.

»A l'endemà, em van despertar dient que hi havia una colla de periodistes que em volien interviuar. D'una manera o altra, m'havien atribuït les fetes del dia anterior i aquella gent tenia interès a saber *com* havia anat *allò* per tal de divulgar el *què* s'havia esdevingut i quines eren les meves *facultats*. Aleshores fou quan em vaig adonar del disbarat que havia comès. I per tal de posar-hi remei, per tal d'evitar que la meva fama d'home déu quedés compromesa per sempre més en una historieta d'embriacs, vaig influir sobre l'enteniment dels periodistes i vaig fer que cada un d'ells retornés a la redacció del seu diari explicant una cosa que no tenia res a veure amb mi ni amb els meus miracles.

»Però, al cap d'unes quantes hores, em va venir a veure la policia, lliurant-me una ordre d'expulsió del país, acusat d'haver subornat els representants de la premsa. Contra allò no hi va haver miracle que valgués; vaig arreglar les coses i vaig passar la frontera, Europa avall, en direcció a Alemanya. Estava profundament irritat. M'adonava que no reeixia de cap manera a administrar amb correcció el meu poder, i vaig pensar, per primera vegada, que caldria servir-me'n amb el fi de procurar-me un camí ben planer i recte per al meu pas per la vida. El cor em deia que jo no moriria mai, o, almenys, que no faria la mateixa fi que feu els homes, però com més llarga hagués d'ésser la meva permanència en el món, més necessari m'era estar-hi bé i triomfar-hi.

»Alemanya em semblava un bon país per a intentar alguna cosa. No em preguntis quina cosa, perquè no ho sabia pas, i em penso que mai no ho he sabut. Es tractava d'alguna cosa que em situés de cop i volta en el lloc elevadíssim que indubtablement em correspon. Desitjava que es donés al que jo podia fer un gran valor, i que no fos tractat com un fenomen, com un ésser que trenca la normalitat d'aquesta terra i que produeix als seus habitants més motius de torbació que no pas de sotmetiment i de respecte. No obstant això, continuava creient que el poder que el cel m'havia donat no era per al meu exclusiu servei, sinó que calia utilitzar-lo a benefici de la humanitat. De quina manera? Heus aquí una cosa que el cel s'ha estalviat d'explicar-me.

»A Alemanya, de moment, vaig adoptar l'aparença de senyor jove amb diners, que viatja per tal de distreure's, la qual posició em permetia observar la gent, veure-la de prop i sospesar-la des d'un punt de vista selectiu. Perquè cal que et digui que sempre m'ha semblat que m'era convenient comptar amb l'ajut d'un o d'uns col·laboradors, d'algú que servís d'enllaç entre allò sobrenatural que jo represento i allò graciosament natural que representeu vosaltres. Vaig lligar amistat amb un poeta, que feia uns versos tan dolents que semblava mentida que ell mateix no s'irrités amb la seva musa i no tractés d'ofegar-la amb l'exercici d'una professió eminentment pràctica. Però era un home tan sensible, tan benparlat i tan fi, que es va guanyar ben aviat la meva confiança, i no vaig tardar a decidir-me a explicar-li lleialment el meu cas i a demanar-li consell.

»—Cal que en parlem, d'això —em digué—. És molt important. Se'n pot treure un gran partit!

»—Em penso que sí —vaig replicar—, però sempre pensant a posar el poder al servei dels homes. Què podríem fer?

»S'hi va pensar durant uns quants minuts i, després, em preguntà:

»—Pots guarir malalts, tu?

»—Si tinc un bon dia, sí —vaig fer.

»—Doncs ja està. Et dedicaràs a atenuar el dolor de la gent.

»De cop, arrugà el front, meditià durant una estona i prosseguí:

»—Això no obstant, nosaltres sols no ens podem arriscar a fer la prova. La classe mèdica ens acusaria d'intrusos i ens faria perseguir per la llei. Però això rai! Ni caldrà que t'esforcis a resoldre-ho amb cap miracle. Jo mateix cercaré l'aliança amb un metge i així, tot plegat, quedarà més seriós.

»Al cap de pocs dies va aconseguir interessar no un metge, sinó dos. Eren dos metges famosos, amb clínica parada i nombrosos clients addictes, i s'avingueren a provar el meu poder curatiu amb uns conillets d'Índies. Van quedar meravellats i els va ésser tan impossible trobar una explicació racional per allò que veieren, que es van resignar, vulgues que no, a acceptar el principi de la meva divinitat.

»Establírem el pacte sobre les següents bases: jo mantindria l'anònim i passaria per un de tants sanitaris de la clínica. Els dos metges, figuraria que haurien descobert una mena de panacea universal que, naturalment, guariria tots els mals. La finalitat seria essencialment filantròpica (això va ésser una imposició meva) i, si hi havia guanys, serien considerats com a cosa de més a més.

»El projecte va tenir molt aviat una bella realització. Corrues interminables d'automòbils i de gent que anava a peu (la gent que anava a peu era admesa per intercessió meva) es premien davant de les portes de la clínica i la fama dels dos metges s'estenia com una falsa notícia. Cada dia uns quants camions d'olis pesats venien a recollir les crosses, els petits cotxes d'invàlid i les ulleres negres que els ex-malalts, en la seva joia, deixaven abandonats pels encontorns de l'edifici. De l'estranger ens arribava sovint la visita d'algun facultatiu que, atret per la celebritat de les meravelloses cures, venia a veure si faríem el favor de mostrar-li'n el secret, i això ens hauria pogut ocasionar algun contratemps si jo no hagués tingut la precaució d'entabanar aquells senyors, fent-los retornar als seus països amb el convenciment que ja sabien de què anava. Els dos metges donaven moltíssimes conferències sobre temes que no tenien res a veure amb la realitat que jo representava, i es deixaven retratar a requeriment de nombroses revistes il·lustrades, els lectors de les quals tenien l'avidesa de conèixer l'efígie d'aquells dos notables personatges. I així, d'aquesta manera, tot anava com calia, totes les coses tenien el valor que els havia estat concedit d'antuvi en les nostres previsions, i fèiem obra bona, tan bona que a la gent només els era lícit obrir la boca per alabar-nos.

»Ja veus fins a quin punt tot això havia d'anar bé a un home déu i si, amb ambició o sense ella, em podia sentir satisfet per l'ús que feia jo del meu poder. I, a desgrat de tot, hi ha persones a les quals la felicitat dels altres abasta tan poc a completar la seva, que ja hi havia qui conspirava perquè tot allò no prosperés. Em preguntaràs de qui es tractava. Es tractava dels dos metges! Comprenc que la notícia et deixi perplex, i tu hauràs de comprendre, al teu torn, en quina mesura la perplexitat i la tristesa m'havien d'atuir quan la vaig saber jo.

»Per mèrit del meu do, vaig tenir esment d'una conversa sostinguda pels dos doctors en un reservat. El diàleg, poc més o menys, va desenrotllar-se de la següent manera:

»—Fa cures increïbles, aquest home. Mai no hauria cregut una semblant cosa, si no l'hagués pogut veure amb els meus propis ulls.

»—Tens tota la raó. Es tracta d'una aptitud extraordinària dipositada en unes males mans. Imagina't si en faríem, de coses, tu i jo, amb un poder així!

»—I per què l'ha de tenir ell i no nosaltres? Ho he pensat moltes vegades. Aquest minyó ha de tenir en alguna part del cos el principi de la saviesa. Si l'obríem de dalt a baix, i li repassàvem ben repassada tota l'anatomia, jo crec que trobaríem el principi que et deia, en copiaríem el mecanisme i ens el podríem empeltar mútuament.

»—És perillós, això. Correríem el risc de fer la mateixa fi que el propietari de la gallina dels ous d'or.

»—Qui en parla, de faules? El nostre cas és ben real. Cal mesurar-lo tocant de peus a terra; jo crec que la meva proposició és factible.

»—Però no ens donarà mai el seu consentiment per a deixar-se obrir de bat a bat.

»—No l'hi demanarem pas. Caldrà anestesiar-lo en un moment en el qual estigui distret. I després, manetes ajudeu-me!...

»El diàleg devia prosseguir. Alguns altres detalls devien ésser acordats. Però no vaig voler sentir res més; esgarrifat, em vaig disposar a abandonar Alemanya per tal d'estalviar-me els maldecaps que em donaria defugir un destí realment semblant al de la gallina dels ous d'or. Me'n vaig anar cap a França, i el camí em va semblar curt de tan meditatiu que estava. Ja aleshores, amb una fugacitat de pensament que no arribava a afectar-me d'una manera profunda, em preguntava si el que em succeïa era culpa de la gent o culpa meva. Em preguntava si no em seria aplicable aquell proverbi de Salomó, 17, 16: "De què serveix el preu en la mà del neci? Per a comprar saviesa? Si no té enteniment!" Però aquesta idea no m'era gens agradable i procurava deixar-la de banda. Era massa jove, per a trobar que era jo i no els altres qui cometia error.

»I això no obstant, en planejar el camí que em caldria seguir d'aleshores endavant, terribles dubtes em torturaven. Podia provar de temptar la sort, recorrent amb el tacte dels meus dits el fil que lligava la meva voluntat amb el meu destí. O bé romandre quiet, expectant, amb l'esperança que ja tindria cura el destí de menar els meus passos.

Actuar o deixar de fer-ho, heus aquí el dilema. No m'ajudava pas Bhagavatgita amb el seu seny quan diu: "Què és l'acció? Què és la no acció? Aquesta pregunta és la que preocupa amb freqüència els savis. Cal posar tota l'atenció a obrar, cal posar tota l'atenció per a no obrar. Cal estar atents, perquè en el més profund de la no acció hi pot haver també l'essència de l'acte."

»Finalment, en veure'm instal·lat a París, quan l'oci va deixar la porta oberta a l'avorriment vaig decidir no fer res, però amb una gran cautela, fixant-m'hi, a fi de poder copsar, si el cas es presentava, allò que d'essència d'acte pogués contenir la no acció. Vaig fingir ésser, als ulls de la gent, un intel·lectual que s'havia traslladat a París per escriure un llibre, en recerca d'unes dades que només es podien trobar a la capital de França, i amb aquesta excusa em passava els dies passejant amunt i avall dels carrers, mirant aparadors i llegint anuncis, observant la gent i posant una gran cura a no deixar-me aixafar pels automòbils. Vivia en una pensió de suburbi, prop del riu, i era molt considerat per tots els altres estadants de la casa, que estimaven el meu capteniment de persona culta i el meu posat d'home que, no per dedicar-se a les altres especulacions de l'esperit, menysprea el contacte de la gent.

»Romania moltes hores abocat a la finestra de la meva cambra, contemplant el moviment de les barques en el riu, i l'anar i venir dels ciutadans, cada un dels quals duia marcada en el rostre l'empremta del seu particular capficament.

»I heus aquí que un dia, mentre em divertia amb l'espectacle mai no repetit del carrer, vaig veure que de les finestres d'una casa pròxima a la pensió en sortia fum i, després, unes gran flamarades que feien crepitar les fustes de la façana i ennegrien ràpidament les pedres. Un home va treure el cap per una finestra del primer pis i va demanar socors a grans crits; dos pisos més amunt, una senyora de mitjana edat es va posar a fer la mateixa feina i, aviat, hi va haver a cada pis algú que proclamava el mal que li feia el foc damunt la carn, i demanava als vianants que posessin fi als seus sofriments. Era una visió commovedora, que hauria entendrit l'home més dur de sentiments.

»D'antuvi vaig haver de dominar l'impuls de fer un miracle per apagar el foc. Temia el fat que m'obligava a penedir-me després de cada aplicació del poder i m'estava així debatent entre les ganes d'intervenir i la por de ferho, quan un petit personatge que va fer la seva entrada a l'escena em decidí. Una nena que devia tenir uns cinc anys d'edat s'abocà plorant en una de les finestres més altes de la casa; duia abraçada una nina, els cabells de la qual ja començaven a cremar, i les flames li acaronaven el vestit, que ben aviat s'hauria encès. Allò no fou possible suportar-ho. Sense pensar-m'hi més vaig fer el miracle que el foc s'apagués. Les flames cediren el seu impuls, el fum s'enfilà cel amunt per tal d'ajudar a fer un gran núvol negre que tapava el cim de la torre Eiffel, i la multitud que es premia al voltant de l'edifici sinistrat va fer un sospir d'alleujament que va passar per damunt de tot París com una alenada d'aire. Vaig sortir al carrer per tal de veure de prop els efectes de la meva obra. No havia mort ningú, ni ningú no havia sofert cremades importants. Els danys materials eren poc considerables i la gent tot era dir que els habitants de la casa, dins la desgràcia, havien estat de sort. Tothom trobava que el foc s'havia apagat *miraculosament* i ho celebraven encaixant les mans i felicitant-se del desenllaç d'aquell fet divers.

»De sobte, va sortir de la casa un minyó avalotador, amb la cara fumada i els cabells socarrimats. Esgrimia triomfalment un matafocs d'una marca nova, i deia a grans crits que aquell estri li havia servit per a dominar les flames amb la rapidesa que tothom havia pogut veure. La gent el va envoltar, l'agafaren en triomf i se l'emportaren carrer enllà, junt amb el matafocs. Jo em vaig separar de la multitud per tal de retornar a casa, satisfet d'aquell xicot i del seu aparell, que servirien per a donar una explicació creïble a un fet que no es podia creure.

»Aquell vespre, el "Paris Soir" va publicar la següent informació:

"Un noi proveït d'un simple matafocs salva la vida a prop de cent persones.

"Aquest matí, pels voltants de les onze, s'ha declarat un incendi en la casa número 235 del carrer de les Germanes Blanques. Les flames han pres de seguida un gran increment, i han fet creure a la gent que contemplava horroritzada aquella escena que les persones que es trobaven dins de l'edifici moririen sense remei. Això no obstant, s'ha vist com el foc perdia sobtadament la seva violència i acabava apagant-se del tot, desapareixent el perill que amenaçava d'una mort horrible les vint famílies que ocupen l'esmentat immoble. Què ha passat? A què ha estat degut aquest providencial desenllaç? Heus aquí la veritat contada per Emili Farriant, de setze anys, a qui prop d'un centenar de persones deuen la vida:

'Em trobava al menjador de casa meva, com cada dia, fent els meus estudis de violí. La meva àvia, que té seixanta-cinc anys, feia mitja prop meu, asseguda en un balancí. De cop la meva àvia em cridà l'atenció i em diu:

'—Emili, sento olor de socarrim.

'Eren les onze menys cinc minuts.

'—No, àvia —faig jo—, no se sent res. —Però en aquell mateix moment el veí del principal ha començat a cridar demanant auxili.

'Deixo el violí damunt la taula, i amb l'arquet sota l'aixella surto al replà del meus pis. Quin espectacle! Una columna de foc s'enfilava per l'ull de l'escala, i hi havia pertot arreu un fum tan espès que tapava els sentits. Però jo m'he dominat, he vist de seguida que si algú no s'espavilava faríem tots plegats una fi molt trista i he pensat: 'Serenitat, Emili, serenitat. Alguna cosa o altra es deu poder fer.' I aleshores m'ha vingut a la memòria que el nostre veí, que és pintor, té un matafocs instal·lat en el seu estudi. Me'n vaig cap al seu pis, amb la intenció de trucar a la porta, però em trobo que aquesta ja era oberta. Entro decidit i veig el pintor estès a terra, desmaiat. Sense vacil·lar m'apodero del matafocs (que és del tipus A de la marca Aigua del Cel), surto a l'escala i començo a ruixar-ho tot. D'antuvi, semblava que el líquid aquell no fes altra cosa que atiar les flames, però tot de cop, en llançar el darrer raig, el foc s'ha apagat fulminantment. Això és tot. Tinc setze anys i vull ésser violinista. He complert amb el meu deure i estic disposat a donar la vida per França sempre que sigui necessari.'"

»A l'endemà tots els diaris de la ciutat reproduïen la informació del "Paris Soir" i el jove músic i el matafocs Aigua del Cel adquiriren una gran celebritat. La casa constructora dels aparells contra incendis es va afanyar a aprofitar aquell reclam, incrementant la seva propaganda. Al cap de pocs dies es podien veure i sentir pertot arreu anuncis de la marca Aigua del Cel; totes les emissores del país radiaven aquests versos, repetits per milers i milers d'altaveus:

»"Quan hi hagi Aigua del Cel en totes les cases
ens podrem ben riure de foc i de les brases."

»A les nits, s'encenien per tots els carrers uns anuncis lluminosos on hi havia representada una cassola dins la qual s'estava rostint un pollastre que, amb lletres de neó, feia el següent plany: "Ah! Si jo hagués tingut a mà un aparell Aigua del Cel, no hauria fet una fi tan trista." Per les vies més cèntriques, uns homes exhibien uns grans cartells on s'hi llegia: "¿Ja sabeu si, quan torneu a casa, la trobareu tal com l'heu deixada, crua, sense que el foc l'hagi destruïda? No ho sabeu pas! Només podreu tenir aquesta seguretat quan us decidiu a instal·lar-hi un matafocs Aigua del Cel. Aleshores podreu anar pel món tranquil·lament."

»Tots els diaris publicaven grans anuncis del cèlebre aparell, i les revistes il·lustrades esdevingueren monòtones perquè la propaganda de la casa Aigua del Cel prenia el lloc a l'actualitat. Les sales d'espectacles, els establiments importants, les fàbriques i les oficines cuitaren a instal·lar matafocs d'aquella marca; els cinemes posaven sota dels programes un advertiment que deia: "Aquesta sala vetlla per la seguretat dels seus afavoridors, posant al seu servei Aigua del Cel." Tothom es deixava obligar per la persistència del reclam, i la casa constructora va haver d'establir torns extraordinaris per tal de poder atendre totes les demandes.

»Tot això quedava bé, i s'adeia molt amb el tarannà d'una gran ciutat. A mi m'esqueia meditar profundament sobre les causes i els efectes i, en un altre ordre de pensaments, sobre el paper que juga la il·lusió en la vida de les persones. Podia haver quedat d'aquesta manera, tot plegat, sense que cap ressort còsmic no se'n ressentís, però també aleshores, implacablement, el meu propòsit havia de resultar fallit.

»Es va calar foc en uns grans magatzems i les flames es propagaren amb tanta rapidesa que el sinistre s'encomanà a tota una illa de cases. Quan vaig tenir esment de la desgràcia, em vaig apressar a visitar el lloc del succés, però en arribar-hi jo els esquelets dels edificis ja començaven a enfondrar-se i el foc declinava perquè no tenia res més per a consumir. Un gran nombre d'ambulàncies recollien els morts i els ferits i, en un moment, vaig veure almenys deu cadàvers carbonitzats de nenes com la que jo havia volgut salvar de les flames uns quants dies abans. La gent deia que no es podia comprendre com el foc havia anat tan de presa a propagar-se i tothom era del parer que seria oberta una enquesta per tal d'esbrinar-ne els motius.

»L'enquesta es realitzà, efectivament, i va posar en evidència que els matafocs Aigua del Cel contenien una mena de líquid combustible que, en comptes d'apagar el foc, el revifava. Qüestió de la manca de tècnics en determinades indústries, comprens? Aquella nit, tancat a la meva cambra, el penediment em va turmentar. Em sentia un bon tros culpable de la desgràcia ocorreguda i em vaig haver de confessar que, en lloc de modificar el destí, el que jo feia era exasperar-lo. Per primera vegada em vaig sentir desemparat, sol en un món que anava fent la seva via sense comptar amb mi. El meu poder em cremava l'enteniment, i si prement-me el cap me n'hagués pogut desprendre, aquell dia ho hauria fet. Tan bonic que s'ho imaginava la gent, això de tenir la força d'un déu!

»M'atuïa el pes de la meva gran responsabilitat, i tenia ganes de compartir-la amb algú prou poderós al món perquè pogués carregar almenys amb la meitat de la meva culpa. Si les autoritats haguessin pogut entendre en el meu cas, m'hi hauria presentat de seguida, però, ¿hi ha alguna autoritat damunt la terra que pugui jutjar els afers d'un home déu? Sí, n'hi ha una, una de sola: el Pare Sant de Roma. Se'm va ocórrer a mitjanit que el meu deure era presentar-m'hi, explicar-li el que feia al cas i esperar que, amb la llum de la seva saviesa, m'il·luminés el camí.

»A mesura que passaven les hores, la idea d'anar a trobar el papa em semblava millor, fins que vaig arribar a veure-ho tan clar que el viatge a Itàlia fou decidit i realitzat. Roma em va agradar molt. Ja sé que tu no hi has estat, però dia vindrà en el qual hi aniràs i trobaràs com jo que és una de les ciutats més evocadores d'Europa. En arribar-hi, em vaig valer d'un petit miracle per ésser rebut ben aviat pel pontífex, i dos dies després em trobava fent antesala al Vaticà, en un estat semblant al dels mortals quan esteu nerviosos.

»El Pare Sant és una persona molt respectable. La gent que no l'ha vist no pot tenir idea de la majestat que fa, ni de la veneració que desperta en tots aquells pels quals es deixa contemplar. Va vestit d'una manera que fa veure de seguida que es tracta d'un ésser excepcional, i porta el braç dret estès cap endavant, amb els dits índex i mitjà estirats i tots els altres plegats damunt el palmell de la mà, per tal de poder beneir en tot moment els fidels que en siguin mereixedors. És molt intel·ligent, i coneix les coses del món i les febleses dels homes, però se'n fa càrrec, perquè és un dels ciutadans més bons (per no dir el millor) del món. A mi em va rebre amb una gran amabilitat. Em va fer seure en una butaca de pell molt confortable, i entre ell i jo va desenrotllar-se el següent diàleg:

»Pare Sant: Fill meu, ja em direu quin servei us puc fer en aquesta terra.

»Jo: Venerable pontífex: el meu cas és d'aquells que costen tant de creure. Aparentment sóc un home com els altres, però en realitat no ho sóc pas. Sóc un home déu, jo; resulta que puc fer miracles.

»Pare Sant: Ui, ui, ui! Quina heretgia més grossa! Que no us ho senti dir més, perquè us guanyareu la condemnació eterna i les penes de l'infern.

»Jo: No us enganyo, no. És ben cert. Mireu-ho.

(Vaig fer-li tres o quatre miracles de saló.)

Veieu? Aquestes coses no es poden fer així com així.

»Pare Sant: Aquí hi ha la mà de Satanàs! Vós sou un emissari que m'envia el dimoni per provar-me! *Vade retro!*

»Jo: No tingueu por; us asseguro que vaig de bona fe. Jo més aviat m'inclino a creure que sóc un enviat del cel. Per quina raó hauria de venir de part de l'infern?

»Pare Sant: Perquè, com diu sant Joan en la seva *Epístola Universal*, 1, 18: "Fillets meus, ja és el darrer temps: i com que vosaltres heu sentit que l'Anticrist ha de venir, així també en el present han començat a haver-hi molts anticrists, per la qual cosa sabem que és el darrer temps."

»Jo: Però jo no l'he negat mai, el Crist. En atribuir-me una cosa així, m'ofeneu, respectable papa. A més, cal tenir present que Isaïes ha deixat escrit, 42, 1: "Heus aquí el meu serf, jo el sostindré; el meu escollit, del qual la meva ànima s'agrada: damunt d'ell he posat el meu esperit, donarà seny a la gent." 3: "No trencarà la canya feble, ni apagarà el ble que fumegi: farà relluir la veritat del seny." 6: "Jo, Jehovà, t'he cridat en justícia i et donaré la mà; et guardaré i et posaré per aliança del poble, per a llum de la gent." M'inclino a creure que era Isaïes el qui es referia a mi en dir això, i no pas sant Joan en escriure allò que heu dit vós. Cal que tingueu present que jo no vull mal a ningú.

»Pare Sant: Esteu en un error. Isaïes feia referència a Jesucrist, i de Jesucrist n'hi ha hagut un i prou, com diu el mateix profeta una mica més avall, 42, 8: "Jo, Jehovà: aquest és el meu nom; i a cap altre no donaré la meva glòria, ni la meva lloança a escultures." És ben clar, eh? "A cap altre!"

»Jo: Bé, sí, però recordeu, si us plau, aquestes paraules de l'*Apocalipsi*, 21, 5: "I el que estava assegut en el tron va dir: 'Heus aquí que jo faig noves totes les coses.' I em digué: 'Escriu, perquè aquestes paraules són fidels i veritables.'"

»Això vol dir que és possible que hagi estat renovada la necessitat de redimir el món.

»Pare Sant: Jesús, Maria, Josep! Ara sí que veig que sóu un anticrist. Acabeu de negar que de Fill només n'hi hagi un, i cal escoltar sant Joan quan diu en l'*Epístola Universal* 1, 22: "Qui és el mentider, si no aquell que nega que Jesús és el Crist? Aquest tal és l'Anticrist, que nega el Pare i el Fill."

»Jo: Perdoneu-me, venerable Pare. Jo no volia pas dir això; heu interpretat malament les meves paraules. A veure si, esmentant Jeremies, m'enteneu millor; Jeremies ha deixat dit, 23, 3: "Jo recolliré la resta de les meves ovelles de totes les terres d'on les vaig foragitar, i les faré tornar als seus corrals; i creixeran i es multiplicaran." 4: "I posaré pastors prop d'elles, perquè les facin pasturar; i no tindran temença de res més, ni s'esbalairan, ni seran menystingudes, diu Jehovà."

No podria éser un d'aquests pastors, jo? Us demano que no ens apassionem i considerem els fets serenament.

»Sant Pare: No ho crec pas. ¿Voleu que, si el cel hagués enviat a la terra un sant pastor, jo no n'hagués tingut esment? Vós no obreu d'una manera recta i esteu tractant d'enganyar-me.

»Jo: Però per què? Per què us hauria de voler enganyar? Digueu-m'ho, si us plau: per què?

»Pare Sant: Us contestaré amb les paraules de sant Joan, *Segona Epístola*, 7: "Perquè molts enganyadors han entrat en el món, els quals no confessen que Jesucrist ha vingut en carn. Aquest tal és l'enganyador, i l'Anticrist."

»Jo: Tornem-hi! Jo no nego Jesucrist. Jo hi crec, jo el venero. A més, si venia a la terra amb unes intencions tan dolentes, rebria el meu càstig de seguida, i no podria fer una tan condemnable voluntat.

»Pare Sant: Bé, bé; no us en refieu massa, d'això. En la seva *Epístola*, 18, sant Judes diu: "Com us deien: que en el darrer temps hi haurà burladors, que caminaran segons els seus desigs malvats."

»Jo: No em tracteu tan durament, Pare Sant! No em digueu malvat!

(Em vaig agenollar als seus peus.)

És que no sóc una criatura del Senyor, jo? I per tant: és que una criatura del Senyor pot cometre un pecat tan abominable?

»Pare Sant: No us puc pas respondre negativament. Us respondré esmentant les paraules de sant Joan, *Primera Epístola*, 2, 19: "Sortiren de nosaltres, però no eren de nosaltres: perquè si fossin de nosaltres, haurien romàs certament amb nosaltres; però en sortiren perquè quedés de manifest que no tots són de nosaltres."

»Jo: No em resigno a acceptar-ho, això. M'estimo més aferrar-me al que digué sant Pau als corintis, *Primera Epístola*, 3, 7: "Així que, ni el que planta no és res, ni el que rega; sinó Déu, que dóna la creixença." 10: "Perquè nosaltres, coadjutors som de Déu; i vosaltres labor de Déu sou, edifici de Déu sou."

»Pare Sant: Ep! Això és un sofisma. Vós no sou pas corinti, que jo sàpiga. A més, ara ve a tomb citar el que digué en una remota ocasió Eclesiastès, el Predicador, 3, 18: "Vaig dir en el meu cor, en ordre a la condició dels fills dels homes, que Déu els posaria a prova per tal que ells mateixos s'adonessin que són semblants a les bèsties."

»Jo: Però jo no sóc pas un vulgar fill dels homes! Em temo que sóc un home déu, jo.

»Pare Sant: Quan dieu això m'esborrono, perquè, sigueu qui sigueu, us dic en bona llei que us espera la condemnació eterna. Deixem parlar Ezequiel, 28, 2: "Fill de l'home, digues al príncep de Tirint: Així ha dit el Senyor Jehovà: Puix que vas enaltir el teu cor i vas dir: Jo sóc un déu; en la cadira de Déu estic assegut enmig de les mars (essent tu home i no Déu); i has posat el teu cor com a cor de Déu." 8: "A la fossa et faran descendir, i moriràs de la mort dels que moren enmig de les mars." 10: "De mort d'incircumcisos moriràs per mans estranyes: perquè jo he parlat, diu el Senyor Jehovà."

»Jo: Us asseguro que jo no mereixo pas una cosa així. Si he fet alguna cosa mal feta, ha estat sense voler i miraré de posar-hi remei. No tinc noció del meu pecat, però d'antuvi me'n penedeixo. Sigueu indulgent, i tingueu en compte el que va dir sant Mateu, 6, 14: "Si perdoneu als homes les seves ofenses, vosaltres també sereu perdonats pel vostre Pare Celestial."

»Pare Sant: És ben sincer el vostre penediment, fill meu?

»Jo: I tant! No en podeu pas tenir idea.

(Arribat en aquest punt, vaig haver de plorar una mica pel pecat que ignorava haver comès.)

»Pare Sant: Vaja, vaja! No ens desesperem. La misericòrdia del Senyor és infinita. Mirarem de convocar un concili de bisbes perquè estudiï el vostre cas.

»Jo: I creieu que amb això podrem arreglar alguna cosa?

»Pare Sant: És molt probable que sí. Segurament que us prescriuran un exorcisme i aleshores, com que no hi ha dubte que això que us passa és degut al fet que el diable se us ha ficat dins del cos, tot vós us desfareu en olor de sofre i, si més no, salvareu l'ànima, que ja és el que es tracta d'aconseguir.

»Jo: Però és terrible acabar d'aquesta manera!

»Pare Sant: No és pas la fi damunt la terra el que compta, estimat fill, sinó assegurar-se el principi de la vida eterna. Petit em sembla qualsevol sacrifici destinat a aquest fi. És més: si ens trobéssim en una altra època, us aconsellaria obertament que us fessin cremar de viu en viu. Això sí que va bé! El foc destrueix la impuresa de la carn i obre les portes del Paradís.

»Jo: Tot el que em proposeu em fa una por terrible.

»Sant Pare: Més por us ha de fer el foc de l'infern, aquest foc que crema per sempre més, sense consumir, aquest foc sense parió que respecta el cos però que va rosegant l'ànima per tots els segles dels segles. Més hauríeu de témer aquest gran desig eternament insatisfet que és la pena irredimible, aquesta picor insuportable contra la qual no hi val gratar-se. Més us valdria de guardar-vos d'aquell indret que és, segons l'*Apocalipsi*, 20, 10, "el lloc de foc i sofre, on hi ha la bèstia i el fals profeta; i on seran turmentats dia i nit per sempre més". Us aniria bé saber que és preferible el foc en aquest món que no pas en l'altre, i que el sofriment...

»Jo: Prou, prou! Vós no em voleu bé. Vós acabaríeu fentme cremar de debò. Em pensava que m'aconsellaríeu millor. Me'n vaig. Bon dia. Ja en parlarem en una altra ocasió, d'aquestes coses, si es presenta el cas. Que el cel us il·lumini!

»I me'n vaig anar del Vaticà, de Roma i d'Itàlia amb una esgarrifança que encara em dura actualment. A partir d'aleshores, vaig començar un anar i venir constant per tots els pobles d'Europa, cercant alguna cosa sense saber quina cosa era, i ignorant si em valdria més trobarho de seguida o no trobar-ho mai.

»La gent no m'acceptava pas naturalment en la seva companyia, i si alguna vegada ho feia, era jo qui no trobava grat d'acostar-m'hi ni conviure-hi. Hi va haver excel·lents amics meus als quals vaig merèixer sentiments semblants als que tu em comences a dedicar, i això era tan monstruós als meus ulls que els deixava sempre, i fugia sempre, sempre, sense saber ben bé de què ni per què. Però ara ha arribat per a mi l'hora de la confessió sincera, i veig amb una certa claredat coses que sempre m'havien semblant obscures. Ara m'adono que fugia perquè a mi mateix m'hauria costat molt poc d'abandonarme a aquells sentiments. Hauré de fugir de tu ben aviat,

Gaeli, i haurem de pagar una forta penyora per un pecat que no hem comès.

»Sofria crisis de depressió i paroxismes d'entusiasme que em feien creure a estones que era la més miserable de les criatures de la terra, i a moments que era un veritable déu, amb prou força per a canviar el curs de la civilització d'acord amb la meva voluntat. Sentia constantment, però, que jo era un error, el qual ni el cel mateix no sabia com corregir.

»Un dia, en un cinema de Praga, vaig veure un noticiari americà on tu mateix et presentaves al món i explicaves el teu pensament. M'interessà profundament tot el que deies, i vaig trobar que la teva figura i la teva significació eren molt interessants. Per altra banda, m'havia dedicat a estudiar la vostra revolució, que aleshores iniciava el període actual, i em va semblar que un poble que sofreix un trasbals tan important com el que sofriu vosaltres, i que s'avé a prescindir d'una colla de coses velles i s'esforça per conquistar-ne moltes de noves, m'acceptaria millor que cap altre poble.

»Em vaig sentir animat per un nou impuls, vaig venir i ja has vist el resultat. He assajat tots els posats, he provat d'enganyar-vos a tu i als altres, fingint un aplom que no existia, però ja no puc més. Està ben llest, això, Gaeli; si no temés l'infern que em va anunciar el Pare Sant, miraria de llevar-me la vida. Ara ja comprendràs per què, amb tan poca lluita, n'he tingut prou per a rendir-me.»

* *

L'home déu (als meus ulls era ben bé un home déu) va acabar la seva confessió fent esforços per no plorar. La pal·lidesa del seu rostre, accentuada per l'emoció, feia més evident aquella rara bellesa que he tractat de descriure al principi d'aquest relat. A mi em feia mal la seva pena i compartia la seva tristesa. L'estimava resoltament, i tinc prou motius per a poder fer aquesta confessió sense avergonyir-me. Quina culpa tenia jo!

Mentrestant, l'hostal s'havia anat omplint de gent que, amb les seves converses, feia difícil el manteniment de la intimitat nascuda de la confessió de Gorienko. Un grup de soldats que feia poc que havien arribat del front, plaguejaven amb la mossa hostalera i, amb els seus crits i les seves cançons, no deixaven cap zona de silenci per a recloure-hi la nostra inquietud.

L'home déu mirava els bevedors amb la mirada perduda. Respirava amb dificultat, i vaig veure que un to moradenc s'anava ensenyorint de la seva pal·lidesa. De sobte es va alçar, s'agafà el coll amb la mà dreta i va fer el gest de cridar. Però cap so no va sortir de la seva boca; la voluntat el va abandonar i caigué damunt la taula sense sentits.

VIII. La meravellosa metamorfosi

La feblesa en els altres m'inspira per reacció un sentiment de menyspreu. Em sembla haver dit en una altra banda que les persones que s'ajupen a l'adversitat deixen d'interessar-me de seguida. Els moments en els quals els homes valem més són aquells en què ens acarem amb el destí després de rebre un cop encaminat a abaltir-nos i li diem: «No ha estat res. Torno a la lluita, perquè això no m'ha afectat gens.» Prenent-lo d'aquesta manera és gairebé segur que el destí acabarà sempre per tractar-nos millor.

I no obstant això, en el cas concret del descoratjament de Gorienko, jo no podia pas prendre partit d'acord amb aquesta idea. La derrota que confessava l'home déu, en relació als elements que l'havien feta possible, era evidentment desorbitada; els termes del problema eren els següents: un poder segur i un propòsit imprecís. El que havia fallat era el propòsit, però el poder seguia, a punt de rendir la seva utilitat; calia cercar la manera de servir-se'n i tota la resta vindria sense esforç. Vaig creure que la meva missió prop de Gorienko havia de consistir, principalment, a fer-li veure aquestes coses tal com les veia jo.

Aleshores em va semblar que seria convenient no deixar-se guiar per una ambició desmesurada, i que l'home déu havia intuït el bon camí quan va dir-se que el millor que podia fer era esperar els esdeveniments, obrar d'acord amb els problemes que cada instant plantegés, i esperar la gran oportunitat que li permetria situar-se de cop i volta al bell mig de la veneració universal. Però aquesta actitud no havia de comportar gens de fredor; calia plantar cara al benavenir amb un gest ardit, i caminar pel món amb fermesa. A desgrat de l'estimació que professava a Gorienko, en aquell moment vaig veure que la força omnipotent que regeix el món i disposa de la vida i de la mort de tots plegats, havia errat en donar les facultats d'un déu a un eslau. Un llatí, i a poder ésser un llatí meridional, hauria donat més rendiment.

Vaig resoldre aconsellar al meu amic que se servís del poder sense esclat. L'experiència ens aniria millorant el seny, i quan assolíssim la mitjana edat, aquesta època de la vida de cada home en la qual, segons diuen, l'enteniment hi veu més clar que mai, estaríem en condicions de jugar un gran paper. Qui en podria dubtar? No caldria, però, romandre inactius. En un pla de modèstia, ens aniríem servint del poder per tal de resoldre una colla de petits problemes i efectuar unes quantes millores que haurien d'ésser ben rebudes pels meus conciutadans. Convenceríem la gent que caminés conservant la seva mà i que, en el possible, anés mudada i es comportés amb tota correcció. Trobaríem una sèrie de substitutius de guerra, com, per exemple, substitutius dels tramvies, dels toscanos, dels cinemes d'estrenes, del servei a la carta, dels ascensors, dels diaris de trenta-dues pàgines i dels tortells de nata, llevant de taula que, pel que he pogut esbrinar, és agradívol a una gran majoria de persones. Acabaríem les obres de la Sagrada Família, monument que a mi no em plau, però l'acabament del qual voldria dir que nosaltres som, almenys, tan tenaços com la gent de l'Edat Mitjana, i que, salvant les conquistes de la revolució, el dia que ens proposéssim fer una catedral també ens en sortiríem. Per què enumerar totes les coses que hauríem pogut fer? Tot allò que m'hagués inspirat el meu amor per Barcelona i la meva adhesió a la causa republicana s'hauria pogut realitzar, tenint en compte la voluntat de Gorienko i les sobrenaturals limitacions a què està subjecte el poder d'un home déu.

Però Gorienko caigué malalt i no em fou possible ferli les proposicions precedents. La gent es preguntarà: ¿pot caure malalt, un home déu? Es veu que sí. A partir del dia en què, segons s'explica en el capítol VIIè, Gorienko perdé els sentits en una fonda de poble, ja no va fer res més de bo, almenys com a tal home déu que era. El que s'esdevingué després (i ja ho aniré explicant de mica en mica i fixant-m'hi perquè la credulitat dels meus amics no m'abandoni) és una cosa fora d'ús i de costum, que demostra fins a quin punt els humans estem supeditats a disposicions superiors que no podem modificar.

En veure el meu amic desmaiat, abandonada la còrpora damunt la taula que havia acompanyat la seva confidència, l'esglai em va atuir. Els soldats van deixar de cantar, la mossa d'hostal va fer un crit histèric, i tota la gent que hi havia allí dins, i alguna altra que passava pel carrer, es va agombolar al voltant nostre per tal de badar honestament i, de passada, ajudar-nos. Provàrem de fer engolir aigua a Gorienko, el ventàrem, li vam mullar les temples amb draps humits, i, fins i tot, algú que hi entenia assajà d'aplicar-li la respiració artificial, sense que cap d'aquests remeis reeixís. Un home que inspirava confiança per la cura que posava en parlar aconsellà que portéssim el malalt a una farmàcia, la qual cosa fou feta, i allí, usant drogues d'eficàcia no desmentida, el meu amic va recobrar l'enteniment.

Però, ¿fins on m'és lícit dir ara que l'home déu recobrà el seny? Va obrir els ulls, en efecte, i es bellugà, i ens va mostrar que podia parlar novament, però pel que fa a raonar, aquell Gorienko que jo i els que m'han seguit fins aquí coneixíem, no ho va tornar a fer mai més. Una immobilitat indefinible li havia fixat la mirada, i adoptà un somriure sempre igual, que no expressava res, semblant al que són característics de certs estats letàrgics. Es movia poc i semblava reflexionar molt, però pel seu gest extremadament absent ja es veia que la reflexió no ocupava pas el seu cervell. No tenia cap desig aparent d'anar enlloc, i es deixava guiar amb una docilitat que, a mi que havia conegut el seu lliure albir, em causava una gran tristesa.

Vaig a dir una cosa per a la qual sol·licito d'antuvi un marge de crèdit, perquè no tothom m'entendrà. Jo mateix, que vaig tenir el pensament que explicaré tot seguit, no en podia pas preveure la profunditat. Es tracta d'una clara impressió que em va causar l'home déu en el seu nou capteniment: quan me'l mirava em semblava tenir davant meu una enorme crisàlide. Alguna cosa moria en aquell cos estimat, però era per donar vida a una forma nova, que s'acusava sota la pell amb puixança. La metamorfosi no volia o no podia velar el seu secret, i me'l mostrava a mi, que era qui més n'havia de sofrir i el menys preparat per a comprendre'l.

Sembla estrany que un canvi com el que estic explicant es pugui produir en un espai de temps tan curt. Però això ha d'ésser també matèria de reflexió; des que Gorienko perdé els sentits fins que els va recobrar i se m'aparegué sota aquella nova manera d'ésser, transcorregueren dues hores. En dues hores es pot canviar l'estructura d'un estat i donar-li noves fronteres; menys de dues hores és el temps que cal per a passar de la vida a la mort, que és el canvi més transcendental que experimenta l'home, a part del passar del no-res a la vida, meravellosa mutació que es pot produir també en el transcurs de dues hores. El dubte de Grouchy a Walheim no va durar dues hores, i, no obstant això, va decidir la batalla de Waterloo i la sort de l'emperador. En dues hores, un pot passar de la més negra desesperació a la felicitat més gran, i a l'inrevés; en menys de dues hores (molt menys) una donzella pot perdre la virtut, i guanyar la glòria del cel un vell coquí sincerament penedit. En resum: amb dues hores n'hi ha prou perquè els trasbalsos més grans agitin la vida d'una persona, i la prova fefaent és que amb aquest espai de temps es pot passar de la condició de divinitat a una molt semblant a la idiotesa.

Perquè, almenys en allò que abastava el meu coneixement, Gorienko havia perdut el seu poder. La primera preocupació que vaig tenir després de la motivada pel xoc de l'home déu fou la d'investigar si aquell estat afectava el seu do de fer miracles. Li vaig pregar que en fes un, per petit que fos, i no s'interessà gens pel que li deia. Després li ho vaig manar i tampoc no em fou possible obtenir el resultat que perseguia. Ho vaig assajar tot: amenaces, mentides, ferir-li l'amor propi, etc. Només pel que atenyia a l'amor propi semblava sentir-se obligat, el meu amic; provà de fer un miracle sense importància i no reeixí. Ho intentà novament, dues i tres vegades, però el poder no el va obeir. Això el contrarià, i vaig observar que aquest sentiment li donava una expressió vagament normal.

Jo tenia una esperança, que consistia a creure que el poder refusava d'estatjar-se en un cos malalt, i que, un cop recobrada la salut, el meu amic tornaria a ésser el que era abans: un veritable home déu. Prego que no em sigui retreta la gratuïtat d'aquesta teoria. M'aferrava a la meva esperança com cada u s'aferra a la seva, simplement. Em va semblar, doncs, que el més important era posar Gorienko en tractament, i amb aquest propòsit ens traslladàrem a Barcelona.

Quina joia, enmig de la meva recança, el retorn a ciutat! Encara que l'absència hagi estat curta, els catalans de la capital sentim una gran alegria cada vegada que hi retornem. Si l'absència ha estat llarga, ens guarim d'una malaltia d'enyorament que ha estat a punt d'eixarreir-nos l'ànima, i n'estem tan contents que tothom ens ho coneix i ens comprèn.

Aleshores, Barcelona apareixia molt castigada per la guerra. Hi havia els senyals dels bombardeigs, i el trànsit desmanegat per les necessitats bèl·liques, però la gent es passejava pels carrers amb unes ganes de subsistir tan visibles, que ja s'endevinava que, tot plegat, acabaria millor del que els pusil·lànimes es pensaven.

Vaig portar Gorienko a casa d'un metge, el qual el va visitar fixant-s'hi, i devia trobar el seu cas tan complex que ens adreçà a la clínica d'un especialista. Especialista de què?, es preguntarà la gent de seguida. M'escau, ara, satisfer aquesta curiositat: es tractava d'un especialista de les secrecions internes de les glàndules sexuals, que no per ser ignorades pel vulgus deixen d'existir. El savi doctor català que regentava la clínica era un home d'aquells que haurien de servir de model a la joventut. Ja es veurà, al llarg de la present història, la qualitat del seu talent i la finor de la seva intel·ligència. No arribava als quaranta anys d'edat, i fos quina fos la matèria que discutís amb un interlocutor qualsevol, en sabia més ell que el seu contraopinant, i donava mostres d'una erudició tan extraordinària que, sentint-lo esmentar dades i xifres tan sense esforç, un arribava a maliciar que se les inventava. Però no: les dades eren certes i les xifres fàcilment comprovables. La seva cultura era, per tant, de bona llei.

Va visitar Gorienko d'una manera minuciosa, i al final del seu treball es negà a emetre cap diagnòstic. Digué que estava gairebé segur de conèixer el mal que patia el meu amic, però que era convenient que el malalt es quedés a la clínica durant uns quants dies per tal de sotmetre'l a observació. M'hi vaig resignar, i mentre m'acomiadava d'ell a la porta de la clínica li vaig preguntar:

—Es tracta d'alguna cosa greu?

—En esguard al tomb que donarà la seva vida —digué—, és el més greu que podia succeir al vostre amic. Això, naturalment, si les meves previsions no resulten fallides. Ara aneu-vos-en tranquil·lament i no torneu fins d'aquí a tres dies, us ho prego. Transcorregut aquest termini us diré amb precisió el que és possible fer.

A ningú no li serà difícil suposar el meu estat d'esperit en sortir d'aquella casa. M'imaginava les coses més grotesques, i consti que ja en aquells moments la realitat estava superant la meva fantasia. Em vaig separar de

Gorienko amb l'esperança de reveure'l. Com ens enganyen, sovint, les nostres esperances!

* *

A vegades, he provat de recordar les coses que vaig fer durant aquells tres dies, però no ho he aconseguit mai. Una només ha quedat gravada en la meva memòria: sé que vaig recórrer unes quantes llibreries cercant una obra que s'ocupés de les secrecions internes de les glàndules sexuals. En vaig trobar una i la vaig fullejar sense descobrir-hi res que pogués aplicar jo al cas de l'home déu. A part d'això, segurament que em devia passar unes quantes hores assegut en un cafè, mirant el rellotge i el calendari, menjant-me les ungles i bastint projectes per a l'esdevenidor.

* *

Quan va arribar el tercer dia, vaig trucar de bon matí a la porta de la clínica. M'introduiren al despatx del doctor, i com que aquest no havia arribat encara, em digueren que m'esperés, tot mirant les il·lustracions d'unes revistes estrangeres. Pel que fa a poder visitar el meu amic, m'indicaren que estava prohibit d'una manera rigorosa entrar a la seva cambra.

En veure'm, el metge va adoptar un posat greu. Em va esguardar i em preguntà:

—Us l'estimeu molt, el vostre amic?

—És la persona que m'estimo més del món.

Aquesta resposta meva va fer reflexionar el doctor. Però va reprendre el coratge i prosseguí:

—Bé. Sou un home i tindreu prou valentia per acceptar les coses tal com vinguin. Us caldrà adaptar-vos, acceptar una idea que ara us semblarà monstruosa, però el temps us ajudarà. És possible que acabeu trobant que això és el millor que podia passar...

—Per favor, no em feu patir més! —vaig dir—. Expliqueu-me de què es tracta.

—Es tracta d'un cas de fals hermafroditisme femení. Em vaig quedar de pedra. Què volia dir, allò?

—Què voleu dir? —vaig preguntar.

—Vull dir que el vostre amic és, de moment, un intersexual, i que es pot convertir, si no m'erro, en una dona. O millor dit: si la sort ens acompanya, posarem de manifest que es tracta d'una dona. Permeteu-me que us digui que ens trobem davant d'un cas esplèndid.

—Ja em perdonareu. No ho comprenc gens. ¿És possible, el que dieu?

—És possible, i, fins a cert punt, corrent. Cal dir, però, que el cas del vostre amic es presenta en una forma nova. Ens escaurà esbrinar si es tracta d'un cas d'hèrnia doble de l'ovari o d'una lesió hiperfuncional de la corfa suprarenal.

»Es podria tractar també (però tinc raons que m'indueixen a creure que no) d'un cas de veritable hermafroditisme. Si la glàndula gonadal oferís una estructura bisexual ben clara, correspondria a tota la resta de la morfologia una bisexualitat indubtable, però, essent la gònada histològicament i morfològica monosexual, es tracta segurament d'un cas de pseudohermafroditisme típic. Estic gairebé segur que ens trobem en presència d'un subjecte amb aparença vagament masculina i ovaris.

»L'interès del cas resideix en el fet que, estadísticament, el 90 per cent dels falsos hermafrodites són varons. Poder investigar un cas de pseudohermafroditisme femení és, doncs, particularment engrescador. El vostre amic presenta una ginecomàstia ben caracteritzada que qualificarem de desenrotllament mamari *gairebé* normal si podem demostrar que es tracta d'una dona. Té, a més, un clar predomini dels incisius centrals superiors sobre els canins, símptoma de feminitat, i una distribució del greix en forma lipodistròfica cefalotoràxica típicament femenina.

»En fi, senyor: no us vull fatigar. La cirurgia ens donarà la clau del problema. Us aconsello, si la qüestió us interessa, que consulteu l'obra de Neugebauer, *Herma-*

phroditismus bein Menschen, i la de Taylor, *A text-book of Medical Jurisprudence*.

Comprendreu que totes aquelles coses em vinguessin de nou, i que la perplexitat m'obligués a fer cara d'enze. Vaig dir al metge:

—Us prego, senyor, que no em considereu de cap manera fatigat per les vostres explicacions. Si no sou vós qui es fatiga, m'agradaria que continuéssim tractant d'aquest afer.

—A gust vostre —em respongué—. Tard o d'hora aquesta conversa que invoqueu es faria imprescindible. Però ara em toca a mi, de fer preguntes; necessito que em doneu detalls de la vida de Gorienko.

—Està bé, us n'explicaré unes quantes coses. Gorienko ha estat, fins ara, un home déu, revestit del do de fer miracles; vós devíeu llegir dies passats, en els diaris, les mutacions que va fer el meu amic a la plaça de Catalunya. La interpretació que donaren els periodistes a aquells prodigis és capciosa, ja que es tractava de miracles autèntics, sobrenaturals. La vida del meu amic...

Li vaig explicar tot el que m'havia contat Gorienko en el curs de la seva confidència, i vaig acabar el meu relat amb la següent reflexió:

—Heus aquí tot el que jo sé de Gorienko. Aquesta història és, en general, difícil de comprendre, però hi ha una cosa particularment absurda: Què es proposava la naturalesa (enteneu *providència*, *força omnímoda*, etc.) en crear un ésser sobrenatural tan poderós i tan desorientat? I sobretot, què es proposa ara amb aquest cop de teatre del canvi de sexe de l'home déu?

—És difícil, amic, conèixer els designis de la naturalesa (i enteneu, també, el que millor us plagui). D'una cosa, només, podem estar segurs, i és que cap dels seus actes no és absolutament gratuït. Amb freqüència les nostres possibilitats de comprensió són insuficients, i per tant, si una cosa ens sembla absurda, la culpa és nostra.

»Algun exemple deurà oferir la vida del vostre amic. Potser no el podrem copsar nosaltres, però això no ens permet negar que l'exemplaritat existeixi. Pel que fa al *cop de teatre* del canvi de sexe (permeteu-me que usi les vostres mateixes paraules), referint-se a una pretesa divinitat, es tracta d'una idea vella. Totes les religions asiàtiques, en el seu origen, veieren déus complets en essència que reunien els dos sexes. Quan la religió s'aferma i adquireix un grau determinat de maduresa, el déu androgin es desdobla, donant naixement a una divinitat masculina i a una altra de femenina.

»L'hermafroditisme podria ésser una forma superior i primitiva de la natura humana. Les mitologies representen divinitats hermafrodites en aquest sentit. Milita i Sandon, Semviamis i Sardanàpal, de les religions caldeu-babilòniques; Astarté dels mites sirofenicis i el déu-fill Dol dels cartaginesos són divinitats andrògines. La gran deessa de Xipre fou consagrada com a hermafrodita pels autors antics, que li aplicaren els epítets de *crisenothelus* i *briformis*.

»Tot això és dit parlant de déus. Ara bé: us he de confessar que jo no crec gens ni mica en la divinitat de Gorienko.

—Per què dubteu que el meu amic sigui un home déu?

—Aquesta pregunta és insòlita. Sóc jo qui us he de preguntar: per què creieu que es tracta d'un home déu?

—Perquè té el do de fer miracles.

—Vet aquí l'equivocació, senyor meu. No crec en miracles. Coneixeu Voltaire?

—Sí.

—Estimeu el seu talent?

—Sí.

—Bé. Voltaire va escriure: «Un miracle és la violació de lleis matemàtiques, divines, immutables, eternes. D'aquest concepte en resulta ja una contradicció de termes, ja que una llei no pot ésser al mateix temps immutable i violada.»

—La qüestió és molt complexa. En tot cas, el testimoni de Voltaire seria insuficient.

—Perfectament. Em valdré del testimoniatge de Höffding, el qual ha dit: «No es pot afirmar, a menys d'aspirar a l'omnisciència, que un fet no pugui ésser explicat per lleis naturals. Abans de poder declarar que una cosa està fora de tota espècie de llei, cal que coneguem, una per una, totes les lleis naturals i totes les aplicaciones especials que d'elles es poden fer.»

—Senyor metge: jo no he de recórrer a testimonis aliens per tal de demostrar la realitat dels miracles. He vist amb els *meus* ulls els prodigis obrats per Gorienko.

—Aspireu, doncs, a l'omnisciència?

—Aspiro només que em cregueu capaç de saber conèixer la diferència entre un fet corrent i un altre que no ho és gens.

—Us contestaré valent-me d'unes paraules de sant Tomàs: «Pels que ignoreu les propietats de l'imant, resulta admirable que atregui el ferro, que per les lleis de la gravetat tendeix a anar cap avall.»

—Ja us entenc. Preteneu que el que ha fet el meu amic m'han semblat miracles perquè no hi puc trobar una explicació *científica.* Heus aquí una elegant manera de dirme que sóc un ase.

—Senyor, m'ofeneu. Jo no acostumo a tractar així els meus clients.

—Digueu-me, doncs, com he d'interpretar les vostres paraules.

—Volia dir que podeu haver estat enganyat per una sèrie de miratges. O que heu estat víctima d'una poderosa suggestió. S'estudien actualment fenòmens psicofisiològics que ens poden conduir a resultats interessantíssims. No us deshonora gens desconèixer unes activitats tan diferents de les que us són habituals.

—No em convencereu. He vist com Gorienko ressuscitava una trapezista que havia caigut d'una altura de prop de vint metres.

—Potser no havia mort.

—En tot cas, ningú no l'hauria pogut guarir, *científicament*, en menys de cinc minuts; Gorienko ho va fer.

—Potser us ho va semblar.

—Ca! Vaig viure prop d'ella durant uns quants dies.

Els miratges no acostumen a durar tant. I, a més, us he de dir que vaig acabar violant la trapezista. Es tractava, pel que veieu, d'una persona de carn i ossos.

—Caldria investigar el cas.

—No en trauríem res. Vós sou d'aquells homes que s'envaneixen del seu escepticisme. Segurament que negueu que Gorienko sigui un enviat de Déu per tal com negueu l'existència de Déu.

—Us erreu. Jo crec en Déu, i no nego que Gorienko sigui un enviat d'Ell. En certa manera, tots els homes som enviats amb la missió de demostrar, en esguard de Déu, alguna cosa damunt la terra. El que jo no crec, però, és que el vostre amic sigui més diví que vós o que jo.

—Sou catòlic?

—De cap manera. Sóc cristià.

—Vet aquí un matís interessant. Vós sou aficionat a esmentar textos. ¿Me'n voleu indicar un de prestigiós que expliqui la vostra posició?

—Amb molt de gust: «L'essència del cristianisme, o sigui, la matèria de la predicació de Jesucrist, fou l'ensenyament que Déu és pare de tots els homes. A això es redueix la doctrina de l'Evangeli; totes les altres coses que en les diferents formes i religions cristianes s'ensenyen són afegides i, per tant, no pertanyen al cristianisme. El cristianisme tendeix a acostar-nos a Déu, i el catolicisme tendeix a separar-nos-en.» Aquest és el savi parer d'Adolf Harmack. Us recomano la seva obra: *Beiträge zur Einleitung in das Neue Testament*.

—Miraré d'adquirir-la.

Em vaig apuntar el títol del llibre i, després d'una pausa, vaig afegir:

—Heu incorregut en una contradicció. Primer, m'heu dit que no creieu en miracles, i ara m'afirmeu la vostra fe en Jesucrist. Jesucrist va fer miracles damunt la terra. Els negueu?

—En la interpretació que la gent els dóna correntment, sí. «Seria indigne de Déu garantir la religió amb miracles, en comptes de valdre's d'arguments racionals, de proves lògiques per demostrar la veritat.» Aquesta opinió de Le Roy, Seailles, Loisy i alguns altres racionalistes moderns em sembla particularment encertada.

—Heu dit *proves lògiques.* Me'n voleu indicar alguna?

—Cada cosa que viu i creix és una prova de l'existència de Déu.

—Bé. Algun text, voleu fer el favor?

—«En el món s'observen moviments com a efectes d'un motor. Perquè cap moviment no té la raó adequada del seu ésser en el mateix subjecte que el mou. Així tenim que tot el que es mou és mogut per un altre agent, i si aquest altre agent també es mou, necessita un altre motor, i així successivament. I la raó no admet un procés infinit de causes, perquè aleshores no es podria concebre l'influx del primer motor, sense el qual no s'explica el moviment del darrer. Així és que existeix un primer principi de tot moviment, a qui va bé la idea de Déu.» Aquest pensament és de sant Tomàs.

El doctor tenia una manera de servir-se de la seva erudició que m'humiliava. Vaig resoldre humiliar-lo jo a ell, demostrant-li que, fet i fet, no ho sabia pas tot. Per aconseguir-ho vaig fer-li a la impensada les següents preguntes:

—Quants quilòmetres té l'Equador? Quin valor té el cosinus d'un angle de 8°10'? Quina és l'edició príncceps de Polibi? Quants habitants té Dinamarca? Quant pesa un metre cúbic d'essència de trementina?

—L'Equador té 40.000 quilòmetres. El cosinus d'un angle de 8°10' val 0,989859. L'edició príncceps de Pobili és la d'Obsopeu, feta a Hagenau en 1530. Dinamarca té 3.500.000 habitants, comptant-hi la Jutlàndia i les illes properes. Un metre cúbic d'essència de trementina pesa 870 quilos. Se us ofereix alguna altra cosa, senyor?

Em va contestar ràpidament, sense immutar-se. No hi havia, per tant, res a fer.

—No, moltes gràcies. Fet i fet, val més que continuem parlant del cas que ens ocupava. Heu dit que cada u de nosaltres —segons la vostra opinió— té la missió encomanada per Déu de demostrar alguna cosa damunt la terra. Què creieu que pot haver demostrat Gorienko?

—És difícil de dir ara, tan a prop dels esdeveniments, però m'aventuraré a formular una hipòtesi. Una de les coses que pot haver demostrat el vostre amic és que, en la seva segona vinguda damunt la terra, el Messies s'haurà de captenir d'una manera absolutament diferent de com ho féu en la primera. Per descomptat, haurà de prescindir dels miracles.

—Però, ¿és que hi ha notícia d'una segona vinguda del Messies?

—Sembla que sí. Es tracta d'una antiga tradició de l'Església, segons la qual Enoc i Elies (que no moriren, ja que foren arrabassats en cos i ànima) reapareixeran per anunciar la segona vinguda del Fill de Déu. Enoc jugarà, es diu, un gran paper. Ara bé: si no ha mort encara, on és Enoc? El text hebreu diu que fou admès en el cel, però la versió dels Setanta —i amb ella la vulgata antiga— creu que fou pres *quasi in coelum*. Hi ha qui opina que fou portat al Paradís Terrenal, i sant Gregori Magne suggereix que se l'endugueren a un indret ignorat de la terra. Tots estan d'acord, però, a assegurar que abans del Judici Final, ell i Elies vindran a fer grans prodigis i finalment lluitaran amb la Bèstia, que els guanyarà a tots dos i els llevarà la vida. Per poc temps, però, perquè tres dies després ressuscitaran i pujaran al cel amb un núvol de glòria.

—Qui és la Bèstia?

—És l'Anticrist.

—Ah! Vet aquí un personatge que va figurar en la conversa de Gorienko amb el Pare Sant.

—No m'estranya, perquè es tracta d'algú que ha desvetllat sempre grans preocupacions. Mahoma va predir l'existència de trenta anticrists, la qual cosa sembla excessiva, ja que el mal que podrien fer és incalculable. Alguns autors moderns creuen que l'Anticrist dominarà despòticament damunt la terra, i que arruïnarà la ciutat de Roma i perseguirà els cristians. Pico della Mirandola afirma que l'Anticrist vindrà l'any 1994. No us diu res, aquesta data? Si Pico della Mirandola tingués raó, l'Anticrist vindria d'aquí a cinquanta-sis anys.

—Nosaltres encara ho podríem veure.

—És ben possible. I no tan sols això, sinó que com que la data s'acosta caldria que alguna cosa, des d'ara, n'acusés la proximitat. Podria ésser que Enoc i Elies ja es trobessin entre nosaltres, preparant el terreny.

—Les vostres paraules em suggereixen una idea: ¿no podria ésser que l'Anticrist fos l'Imperi Alemany? D'aquí a cinquanta-sis anys, ajudant les democràcies, podrà haver assolit una gran puixança, i tindrà temps d'haver dominat el món despòticament, d'haver perseguit els cristians i d'arruïnar la ciutat de Roma. Perquè m'imagino que la profecia no es deu pas referir a la capital política d'Itàlia, sinó a la ciutat símbol dels cristians. I Roma, com a símbol, ja està gairebé arruïnada.

—Com a hipòtesi és acceptable. Tot depèn que Pico della Mirandola ho hagués encertat. És una cosa que convida a la meditació.

Dites aquestes paraules, el doctor i jo guardàrem una estona de silenci per tal de meditar. Sobtadament, se'm va ocórrer preguntar:

—I retornant al nostre tema, quina relació podria tenir Gorienko amb tot això?

—Ah, senyor! Gorienko podria ésser un *balon d'essai* que envia el cel per tal de veure com reacciona la gent d'ara davant dels prodigis. Aquesta experiència, si és que Enoc i Elies han de venir aviat a fer els miracles anunciats, pot ésser molt útil.

—Bé, bé, bé! Així, ¿confesseu que Gorienko ha obrat prodigis?

—No, de cap manera. Ens movíem en un terreny de simples suposicions. Jo, personalment, no crec en la segona vinguda del Messies, ni en l'Anticrist, ni en Enoc, ni en Elies, ni en la força profètica de Pico della Mirandola. I, conseqüent, tampoc no crec en els miracles.

»Ara bé: no sóc un fanàtic de les meves creences, i accepto la discussió de tots els punts de vista. No oblido mai les paraules del savi professor Llorens i Barba: "Fer de la incomprensibilitat de les dades de consciència un argument contra la seva veracitat seria un absurd. D'ella en coneixem el *què*, però n'ignorem el *com*." Accepto sempre que em puc equivocar, i confesso fins i tot que hi ha una certa contradicció en les meves afirmacions, perquè jo crec en la primera vinguda del Fill de Déu, i crec, també, que Nietzsche tenia raó en escriure les següents paraules: "El cos d'elements i el nombre de combinacions possibles és també limitat; per això, una vegada produïts els fenòmens, tornen cíclicament a repetir-se. L'existència, doncs, dels éssers, és la pura repetició d'existències anteriors; l'individu ha viscut un nombre infinit de vegades i tornarà a viure eternament." I crec això, no pas perquè Déu no pugui modificar al seu arbitri aquesta teoria del retorn etern, sinó perquè nosaltres no en podríem comprendre d'altra. Si accepto que els fenòmens es repeteixen cíclicament, hauria d'acceptar la possibilitat d'una segona vinguda del Messies. Doncs no, senyor, no l'accepto. Per què? Perquè crec que no n'hi ha cap necessitat, simplement, i Déu mesura els seus actes d'una manera exquisida.

—És un bell negoci discutir amb vós! Acabareu demostrant-me el *per què* de l'existència de Gorienko i, alhora, em fareu evident que la demostració és falsa. M'heu dit que Gorienko pot haver demostrat que, en la segona vinguda, el Messies s'haurà de comportar d'una altra manera, però us afanyeu a dir-me que no creieu en un retorn del Fill de Déu. Així, doncs, als vostres ulls, no hi ha tal demostració.

—Hi és, senyor, hi és. Pot no tenir un valor pràctic, però tindria un innegable valor teòric. Heu de pensar que els filòsofs s'alimenten d'aquestes coses.

—I quin seria el valor teòric?

—El de demostrar que, si la segona vinguda es produïa a desgrat de tot, no caldria comptar amb els miracles per a atreure la gent, ni per a afirmar la veracitat de tal o tal profecia. Si reflexioneu una mica, veureu que el Messies actual hauria de ser un gran general o un dictador que fes seguir la gent de grat o per força.

—Una vegada, un pallasso de circ em va dir això mateix que em dieu vós, i no me'l vaig creure.

—Doncs caldrà que ho comenceu a creure. El pallasso i el metge representen grans corrents d'opinió.

—A mi em sembla que Gorienko no té temps d'haver demostrat una cosa tan important.

—No, però si hagués fet més extensa la seva experiència, hauria demostrat exactamente això que us dic. Per altra banda, ha de ser així. La tradició de l'Església ens parla d'una Bèstia poderosa, que dominarà el món. Enoc i Elies hi lluitaran, fins a perdre-hi la vida. El Messies l'exterminarà, vindrà el Judici Final, tothom anirà en doina. Sembla que hi haurà cops. Tot això no va bé a la idea d'un Crist bondadós i plàcid. Haurà de ser, repeteixo, dictador o general, que tingui un d'aquests dos oficis.

—En dir *haurà* de ser, voleu dir *hauria* de ser, ¿no és cert? Perquè vós no hi creieu...

—No, senyor. No hi crec.

—Ni deveu creure que calgui provar l'eficàcia dels miracles, perquè els miracles, dieu, no són possibles, oi?

—No, senyor.

—Aleshores...?

—Tot seguirà com fins ara, bon tros desmanegat aparentment, però amb una sàvia ordenació interior. La física i la química aniran progressant, descobrirem microbis nous i mitjans de locomoció més ràpids; la filosofia ens fatigarà cada vegada més i la moral ens semblarà cada cop més supèrflua, si continua fiscalitzant els nostres naturals impulsos. Multitud de petits invents augmentaran el confort domèstic, per la qual cosa cada vegada ens farà més mandra anar a la guerra, però, per això, no deixarem pas d'anar-hi sempre que es presenti l'ocasió.

»La gent tindrà, com fins ara, una gran aptitud per oblidar la dissort i un veritable geni per aferrar-se a la felicitat, la qual cosa farà que la majoria de persones continuï preferint quedar-se en aquesta terra que no pas traslladar-se al millor cel que tingui promès la religió més generosa. Els homes dels països càlids continuaran deixant-se dominar per la voluptuositat del sol, i els que habitin en les regions fredes no deixaran pas d'estimar la carícia del fred, i uns i altres continuaran trobant les dones boniques i desitjables, com sempre. En essència, tot, tot continuarà igual, de la qual cosa només tenim motius per alegrar-nos-en.

»I així ho anirem fent a benefici de tots, pels segles dels segles, fins que Déu trobi que ja n'hi ha prou. Però, aleshores, el món i tot el que conté s'acabarà en un aclucar d'ulls. Per què inventar una Bèstia i dos benaventurats immortals que s'hi barallin fins a fer-se mal, i un Messies que els salvi, que mati la Bèstia i anunciï un Judici Final, on el de dalt anirà a baix i viceversa? Déu és molt més diví i més humà alhora del que algunes religions es pensen.

—Vós sou una mena d'estoic, oi?

—No. Zenó de Cítion ensenyava que cal mostrar-se indiferent davant de la dissort, i jo trobo que ens podem plànyer, cridar i plorar si la nostra adversitat s'ho val. Fer-ho o no és una qüestió d'elegància. Amb la nostra actitud no podem alterar res del que ja s'ha esdevingut; enfront del fet consumat, l'estoïcisme. Una qüestió de moviments. Segons l'efecte que vulguem produir en el públic que ens contempla, ens comportarem d'una o altra manera teatral.

—Però creieu que, davant de la dissort, tenim consciència de fer teatre?

—Ho fem inconscientment.

—Això, d'altres ja ho han dit abans que vós.

—És clar que sí. A hores d'ara ja no podem dir res de nou. Només podem triar.

Allò em fatigava. Bruscament, vaig dir:

—Senyor, estem divagant. Ara ja conec el vostre punt de vista personal sobre importants qüestions. ¿Voleu fer el favor de dir-me en definitiva per quina raó creieu que Déu ens ha enviat Gorienko?

—N'hi ha dues. Pot ésser que ens l'hagi enviat per tal d'entretenir-nos. I, segons quin sigui el resultat de l'experiència que em proposo realitzar, podria ésser que ens l'hagués enviat per ajudar-nos en les nostres investigacions sobre el paper biopsíquic que juguen les hormones en la naturalesa humana.

El doctor consultà el seu rellotge i, alçant-se de la cadira, afegí:

—Per cert, senyor, que aquestes investigacions em reclamen ara a un altre lloc. M'haureu d'excusar.

—Una pregunta, només: ¿no hi ha contradicció en aquesta darrera opinió vostra?

—Per ara no.

—Bé. Suposo que em deixareu visitar el meu amic.

—No, senyor. No us permetré de fer-ho. Cal que us resigneu a estar-vos unes quantes setmanes sense veure'l.

—Durant aquest temps patiré molt...

—Un aconsello que feu un viatge a l'estranger. Marxeu, envieu-me la vostra adreça i, quan hagi obtingut un resultat concret, us telegrafiaré de seguida. Teniu diners?

—Sí.

—Doncs, apa, no us hi penseu més! Demaneu el passaport i seguiu el meu consell.

—No us creuré pas. Tinc interessos que reclamen la meva presència aquí! Per altra banda, no us vull entretenir per més temps. Adéu-siau.

Me'n vaig anar, després de concertar les visites necessàries perquè jo em pogués mantenir al corrent de l'estat de Gorienko. Quan vaig sortir al carrer, plovia. Però ja m'adono que això no té cap interès.

* *

Dos dies després, se'm podia veure fent cua davant d'un «Photomaton», mudat, amb un vestit nou, i coll fort i sabates de xarol, que em donaven, crec, un aspecte particularment elegant. Ja sabia jo que les sabates no sortirien a la fotografia, però, havent-me posat el millor que tenia a casa, em va semblar que no les podia deixar a l'armari.

Quan va arribar el meu torn, la senyoreta encarregada de la màquina em preguntà:

—Són per a carnet?

—No. Són per a passaport —vaig contestar amb un cert aire inevitable de suficiència.

La senyoreta em va fer mirar la punta d'un seu dit índex, es van sentir aquells *clics* que tothom coneix, i al cap de deu minuts la màquina deslliurava una tira de paper que contenia vuit retrats meus, els quals em representaven amb una galta més voluminosa que l'altra, amb el nas torçat cap a la dreta d'una manera irritant, i una mirada de quòniam que ni la persona més falsament modesta no hauria acceptat com a seva.

—Aquest sóc jo, senyoreta?

—Indubtablement. Sou vós interpretat per la màquina. Aquests aparells tenen personalitat.

—Ah! No ho sabia.

De fet, els retrats van servir, i aquell requisit precedí una colla de gestions fetes prop d'amics meus que tenien molta influència en els medis polítics, amb la vènia dels quals em fou lliurat el passaport. I cal dir, a fi que tothom s'adoni de la meva importància, que en aquella època era molt difícil obtenir un semblant document.

Considerant aquests detalls, la gent creurà que jo havia decidit seguir el consell del metge i fer el viatge a l'estranger. No és pas veritat; no havia decidit res, encara. Però era tan gran el meu neguit que no podia romandre quiet, i per tal d'entretenir-me en alguna cosa vaig decidir fer els tràmits per treure un passaport.

No obstant això, aleshores, amb el passaport a les mans, què podia fer sinó decidir el viatge? Vaig resoldre anar-me'n a París.

En el tren, de Barcelona a Portbou, vaig distreure l'oci pintant cabells de dona a un retrat de Gorienko, afinant-li les celles i allargant-li les pestanyes. No vaig fer res més que això, i això no obstant, quin retrat de dona bonica en va resultar! De Portbou a París vaig passar la major part del temps contemplant el retrat i enamorant-me de la *dona* que representava. Arribats en aquest punt, és oportú de parlar de la sagacitat del meu instint. Què diuen ara els que havien posat en dubte la normalitat de les meves reaccions sexuals? La reivindicació que tinc a mà és tan demostrativa que em permet redreçar-me amb orgull i afirmar que havia pressentit la dona allí on tots els altres hi veien unànimement un home.

Aquest triomf em conduïa, però, a plantejar-me un dubte que em feia mal. Gorienko, ¿era una dona completa, indubtable, o es fixava en un estat d'intersexualitat que vindria a empitjorar les coses? Podia ésser que el meu instint i la ciència del metge haguessin descobert la feminitat d'alguna glàndula de Gorienko, però això no volia dir que deixessin d'haver-hi altres òrgans de sexualitat oposada, amb la qual cosa el meu amic esdevindria oficialment un monstre. «La cirurgia —em deia— resoldrà aquest afer amb claretat.» I, en pensar en la intervenció quirúrgica, temia per la vida del meu rar amor.

M'agitava, veia les coses clares durant un instant, i immediatament després les veia fosques; sentia grans esperances i depressions inaudites. Temia i desitjava, dubtava i creia, estava a punt d'abaltir-me mil vegades cada hora, i la contemplació del fals retrat de Gorienko m'esbandia la pena i m'elevava l'ànim perquè un moment després pogués caure de ben alt. Si la meva quimera hagués tingut força d'obligar els elements, aquells haurien estat els dies més curts de l'any.

A vegades sentia el desig d'encomanar a algú altre el meu corcó. Vaig mostrar el retrat a un comerciant obès que mig s'adormia prop meu.

—Què us sembla aquesta *dona*? Eh que és bonica?

—Molt. Que porta perruca?

Li vaig explicar que no, que el cap apareixia d'aquella manera perquè un retocador inhàbil l'havia treballat, però que *ella* posseï la tofa de cabells més bonica que mai s'hagi vist. Li vaig dir que era la *dona* més perfecta del nostre temps, que era un cànon de bellesa, un model d'intel·ligència i de virtut, i bona i amable com no en podia tenir idea.

—Ja veieu si ha d'ésser envejable la sort de l'home estimat per una *dona* així! —li vaig dir amb prosopopeia.

—Oh, i tant! Oh, i tant!

—Doncs us faig saber, estimat senyor, que el seu enamorat sóc jo.

—Caram! Me'n congratulo força. Que per molts anys...

Un minyó que ens escoltava va riure discretament i me'n vaig avergonyir. D'un rebuf em vaig posar a llegir «L'Ami du Peuple», i la lectura va durar tota la resta del viatge.

A París vaig donar a un taxista l'adreça d'un hotel de tercer ordre. Pel camí, el trànsit es va interrompre; se sentia un soroll de multitud que s'apropava i molt aviat una gran manifestació va omplir tota la calçada. La constituïen uns homes greus, cellajunts, assenyats, que la policia curava de vigilar. Duien unes pancartes en les quals s'hi llegia: «*Avions, avions pour l'Espagne*!» L'espectacle em va colpir i, traient el cap per la finestra del taxi, vaig cridar:

—*À nous, à nous la Republique*!!!

Hom va contestar al meu crit, i per un moment la massa ciutadana es va agitar. Él xoc emocional va durar una estona; després el rellotge públic d'un edifici proper va tocar hores i tota aquella gent se'n va anar a dinar. S'endevinava que els seus cors bategaven de pressa i que la manifestació tornaria a rebrotar tan aviat con fos avinent.

Una vegada aposentat a l'hotel, la meva primera preocupació fou escriure al doctor la meva adreça, pregant-li per l'amor de Déu que no s'oblidés de comunicar-me el resultat de l'experiment. Feta aquesta feina, no em quedava sinó organitzar l'engany de la brevetat de l'espera. Però aleshores el cos, fatigat pel viatge, em va reclamar un merescut descans.

L'endemà vaig sortir a esbargir-me. Estava trist, perquè durant tota la nit havia somniat que declarava el meu amor a Gorienko-dona i *ella* em refusava. Endebades em deia que allò era un malson i que no tenia cap contacte amb la realitat; la imatge del refús es mantenia viva i l'aflicció s'ensenyoria del meu esperit. Perquè, a desgrat de tot, calia pensar en això: si resultava dona, ¿m'estimaria? Li seria agradable el meu aspecte? Si s'enamorava d'un altre home jo no sabria pas què fer-hi, en aquest món.

La meva passió creixia contra la raó i la lògica. Com

més absurd em semblava estimar un ésser com aquell, més me l'estimava. Un amor com el meu no es podia explicar, però l'amor té el privilegi de no necessitar explicacions, i jo ho sabia i me'n valia.

Passejava pels carrers les meves cogitacions, sense fer cabal de les persones ni de les coses. Quan el cansament em va dominar, em vaig asseure a la terrassa d'un cafè i allí, per tal de reposar, em vaig dedicar a pensar en com seria de feliç si *ella* corresponguès al meu amor. Que ningú no es pensi que em movia l'interès, i que el que jo volia era lligar-me amb algú que, tenint el poder de fer miracles, em pogués resoldre qualsevol situació. No. El meu desig més fervent era que *ella* esdevingués una dona completament normal...

—Pst!

Una dama elegant em va cridar l'atenció.

—Hola. Fem l'amor?

—Fem-lo.

Tant em feia allò com qualsevol altra cosa. Ella mateixa clogué el tracte i em va conduir a una casa molt com cal. Va resultar ésser una dama de Talavera, que es mostrava contenta de poder oferir els seus serveis a un ciutadà de la Península. Em sembla que era força bonica, però jo em mantenia tan absent de la seva sol·licitud que no rendia la meva part en el joc.

—Què et passa? —em preguntà.

—Ah! Si ho sabies...

—Estàs enamorat?

—Sí.

—Has deixat alguna dona en el nostre país?

—Sí.

Va reflexionar una mica, i després, passant-me el braç pel coll, inquirí:

—Com es diu?

—Miquel.

Saltà del llit d'una revolada, es va tapar amb una bata de seda i m'acomiadà bruscament. M'hauria insultat, però jo la vaig agafar pel braç amb tanta fermesa que es va esfereir!

—Calla; no cridis! —li vaig manar—. Digue'm: ¿cap on cau el carrer de les Germanes Blanques?...

Em dibuixà l'itinerari damunt d'un paper, me'l lliurà i vaig sortir al carrer caminant a grans gambades. No podria dir quin origen tingué aquella idea; el cas és que em van venir ganes de visitar la casa que Gorienko, en el seu pas per París, havia fet objecte del miracle d'apagar el foc.

Retenia el número de la casa amb una persistència inexplicable, i, un cop al carrer, la vaig trobar fàcilment. Era un edifici vell, amb tota la façana fumada per l'incendi. Gorienko, per tant, no havia mentit.

Fosquejava, i una vegada encès l'enllumenat públic, el suburbi va fer palesa la seva animació. Alguns llums de la casa s'encengueren, i una noia es va abocar en una de les finestres baixes, arrissant-se els cabells amb uns ferrets i cantant una cançó de cinema. Jo ho contemplava tot amb un particular entendriment, i sentia la nostàlgia d'un record que no em pertanyia a mi.

* *

Passaren dies i setmanes i jo no rebia cap notícia de Barcelona. Tenia por de romandre i por d'anar-me'n. Quina cosa podia decidir? Havia encarregat una ampliació d'aquell retrat de Gorienko, fent-li dibuixar els cabells de dona per un retocador intel·ligent, i me'l mirava de nit i de dia, li parlava, li feia declaració del meu amor i li explicava totes les meves esperances. Si algú troba que exagerava, és que no ha estat mai enamorat.

Mentrestant, havia fet amistat amb uns quants hostes de l'hotel, en la seva majoria viatjants que acudien a la capital a vendre productes dels departaments. Es tractava de bona gent francesa, amb la qual m'avenia molt; donàrem l'ordre que paressin conjuntament la nostra taula, i a les hores de menjar desgranàvem converses on la cortesia guiava totes les idees. En el si d'aquella petita reunió (on sovint es parlava de la nostra guerra) gaudia d'un cert prestigi per la meva nacionalitat catalana, i un dia un d'aquells senyors em va preguntar:

—I els *toreros*, quin partit han pres?

—Oh, és una qüestió molt complexa —li vaig contestar—. Miraré de posar-vos al corrent en poques paraules: els *toreros* i les monges, al principi de la revolta, van llançar-se a la muntanya i organitzaren guerrilles que hostilitzaven ara l'un ara l'altre dels dos bàndols combatents. Quan un d'aquests escamots muntanyencs es trobava amb força armada, roja o blanca, l'agredia sense contemplacions i sovint el resultat de la lluita es decantava al seu favor. Més endavant, quan la República va organitzar l'Exèrcit Popular, els *toreros* hi van ingressar, i aleshores les monges, mancades de suport, estudiaren per infermeres. Compreneu?

—Ah, Espanya! Quin país! —exclamaren tots alhora.

I mentre parlàvem de les coses curioses que Espanya pot oferir al món, se'm va apropar un grum que em presentà, en una safata, un telegrama. Damunt del nom del doctor hi havia una ratlla curta amb tres paraules: «És dona. Retorneu.» L'alegria em va impulsar a proferir un hurra! que va apesarar els comensals, perquè es pensaven que havia perdut la correcció. Però tant se me'n donava, perquè de fet, anant-me'n a la meva cambra a preparar les maletes, ja viatjava cap a Barcelona.

* *

Què li diria? Quin paper em faria? Com deuria anar vestida? Hauria canviat la veu? Li haurien crescut els cabells? Portaria taló alt? I mitges? Podria fer miracles? Ens faria vergonya de veure'ns?

Heus aquí les preguntes que em feia caminant passeig de Colom enllà, sortint de l'estació de França, carregat de maletes i a peu, perquè els tramvies anaven plens. No m'atrevia pas a creure que l'entrevista tingués el caràcter d'un retrobament, sinó que m'adonava que es tractaria d'una coneixença. «Fins i tot és possible —pensava— que el doctor es vegi obligat a presentar-nos.»

Potser convindria donar-li el tractament de senyoreta i dir-li que estava encantat de poder-me guanyar la seva estima. Passant per la plaça de l'Àngel, se'm va ocórrer que quedaria bé que en el moment de la presentació li besés la mà, i la idea em va fer somriure. Un venedor de diaris em sorprengué el gest i es divertí.

Era difícil trobar una fórmula de cortesia. «Als peus de vostè, senyoreta Miquela», quedava fat. Quin nom més lleig, Miquela! No caldria pas, deia jo, conservar-lo. Vet aquí un problema: jurídicament caldria arreglar la situació d'ella, puix que com a dona havia nascut a Barcelona; li hauríem de cercar un nom. I el cognom, com restaria? Em semblava recordar que els eslaus fan extensiva la feminitat als cognoms, amb les terminacions *ova* o *a*. Gorienkova, Gorienka. Omplia massa la boca. Miraríem de trobar-n'hi un que fes joc amb el nom. A més, l'eslau havia desaparegut. Ella no ho era pas, d'eslava, i teníem, en aquest sentit, les mans lliures.

En arribar a la plaça d'Urquinaona vaig intuir una solució: ens podríem servir del nom del mes, o de l'estació. «Provem-ho: senyoreta Jacinta Maig. Senyoreta Maria Primavera.» Nooo! Quedava de novel·la rosa. Caldria cercar el concurs d'un poeta.

A la plaça de Catalunya vaig agafar el metro i això em va fer més curt el camí. Vaig arribar a la clínica amb maletes i tot (heu de tenir present que no hi pensava, en certes coses), i el doctor em rebé en el seu despatx.

—Bon dia, estimat senyor!

—Bon dia. És de debò el que diu el telegrama?

—Ho és.

—N'esteu segur? No us heu deixat enganyar? ¿No podria ésser que es tractés d'una murrieria miraculosa de Gorienko?

—No sigueu innocent. Aquesta persona no fa miracles, o, si voleu, *ja no* fa miracles. És un cas de fals hermafroditisme motivat per una lleugera hipertròfia patològica de les glàndules femenines, sense greu alteració de l'ovari. La indeterminació hormonal ha quedat anul·lada; hem pogut descobrir una hiperplàsia susceptible de crear una virilització passatgera de les glàndules de secreció interna. La raresa del cas consisteix en el fet que, una vegada desaparegudes les causes del fenomen, la morfologia general ha pres un caràcter decididament femení.

—Així, és dona dreta i feta?

—Sí.

—Déu del cel! On és?

El doctor em va acompanyar fins al balcó del seu despatx, i m'assenyalà el jardí de la clínica. Asseguda en un banc, hi havia una dama melangiosa que, amb la punta d'una ombrel·la, feia dibuixos a terra; duia un vestit vaporós amb muscleres de mussolina bombades. No se li veia el rostre perquè tenia el cap acotat, però s'endevinava que havia d'ésser atraient, per l'aire distingit de tot el cos.

—*Ella...*?

El doctor va fer un signe afirmatiu.

—N'hi ha per llogar-hi cadires!

La frase feta em sortí inevitablement, puix que expressava millor que no cap altra l'estat del meu esperit. Vaig demanar al doctor que em guiés fins al jardí; tenia ganes que la situació aquella s'afermés a benefici del meu aplom.

En veure'ns, la senyoreta va fer el gest poc femení d'alçar-se. Li vaig veure la cara. Quin prodigi! Els mateixos elements que havien fet angoixosament bell Gorienko, feien la segura bellesa d'aquell rostre. Si la naturalesa m'hagués concedit la facultat de modelar amb les meves mans la dona que em fos destinada, l'hauria feta com aquella que aleshores tenia davant meu. La facultat de ruboritzar-se fou la primera conquista de les hormones femenines en recobrar el seu fur, i en veure'm, la dama abaixà els ulls i les galtes se li envermelliren. Jo havia perdut l'esma, i després de pensar, vaig dir a la impensada:

—Oh, que és gran! Oh, que és maca!

I dirigint-me a ella:

—Com li prova? Com estàs? Dispenseu...

Avergonyit de la meva estolidesa, vaig ajupir el cap, i aleshores els meus ulls es clavaren en el dibuix que la dama havia fet a terra amb la punta de l'ombrel·la. Eren unes lletres que deien: JOAN GAELI.

* *

Pocs dies després ens prometérem formalment en matrimoni, oficiant el doctor de pare d'ella. El nostre festeig fou singular. Estava ple de subtileses, i tots dos fèiem un punt d'oblidar les coses del passat que podien desfer la suggestió del present. Era segur que la naturalesa havia creat aquella dona per satisfer els meus anhels. La raó d'haver seguit un camí tan poc corrent per crear-la no la podia comprendre, però tenia el pressentiment que es tractava d'una gentilesa a favor meu. D'una deferència, diríem.

He dit que tots dos ens esforçàvem a no recordar determinats fets, i m'adono que això necessita un aclariment, en el sentit d'afirmar que, en ella, aquest esforç era lleu. Perquè (a causa d'una sèrie de reflexos que el doctor m'havia explicat) la seva memòria sofria un col·lapse. Recordava allò que feia monstruosa la seva metamorfosi, però n'havia oblidat els detalls. No ignorava que poc temps abans *era* un home, però no sabia gairebé res de la vida d'aquell home. Havia retingut amb força la imatge d'una presència i la grafia d'un nom: la seva i el meu. Pel que fa als miracles, era una qüestió resolta, perquè no tan sols no en feia, sinó que no tenia consciència d'haver-ne fet mai. La qual cosa em produïa alleujament, m'afirmava la seva normalitat i descansava el meu sentiment amorós.

La meva ambició havia quedat relaxada. Em sembla que el que desitjava, per assegurar el repòs de la nostra convivència, era arribar a posseir una botiga, o més encara, una botigueta de barriada, de bon calaix, que no requerís geni comercial ni tenidoria de llibres.

Somniava que ella i jo ens passaríem les hores estimant-nos en un sofà de la rebotiga, i que el nostre col·loqui només seria interromput pel *clic!* del mecanisme que anunciaria l'entrada de clients. Jo sortiria a despatxar quatre pams de veta o mitja dotzena d'imperdibles, i cap al sofà altra vegada. Imagineu si ens havia de fer nosa la guerra. Havíem acordat fingir que l'ignoràvem, però, a vegades, tot festejant, se li escapava de dir:

—Ai, Joan! Si cridaven la teva lleva!

—No, dona —li deia sobresaltat—. Una persona ben informada em va dir ahir que el «Foreign Office» havia prohibit al Govern i als facciosos de mobilitzar més reemplaçaments.

I si això no venia a tomb, li contestava una altra cosa, que tampoc no ens tranquil·litzava.

Recollíem diners i anàvem comprant objectes, com uns enamorats qualssevol. Ella venia i em deia:

—He anat a can Jorba i he vist una sucrera més bufona!

—Ah, sí? Doncs anem-hi i comprem-la.

Descobria cortinetes, salers, petits gerros, setrills, figures de faiança, etc., i, si podíem, ho compràvem. En aquestes sortides, se'ns podia veure avinguts, sol·lícits, enamorats; hi havia qui ens mostrava com a model de promesos.

Algú es preguntarà: «Però, és que no en quedava res, d'aquell Gorienko d'abans?» Comprenc que la pregunta és legítima i no em fa res respondre-la: sí. En quedava poca cosa, el gest, la manera de moure's masculina. S'asseia, per exemple, amb les cames obertes, o les encreuava impúdicament. Es gratava amb franquesa, es feia petar els nusos dels dits, i, sovint, es fregava les mans per les faldilles buscant les butxaques d'un pantalon inexistent. En el cafè o el tramvia, si us distrèieu, pagava ella, i en altres llocs calia vigilar-la perquè no anés a «Homes» en comptes de a «Dones».

Jo procurava corregir-la. Li vaig indicar la conveniència d'usar, a fi de feminitzar el lèxic, una adjectivació peculiar: bufó, riquíssim, preciós, formós, bonicor, xamós, etc. Això explica que, en parlar de la sucrera aquella de can Jorba, la qualifiqués de bufona, cosa, per altra banda, de mal gust. I no volia dir pas que esdevenint xarona augmentés la feminitat (de la qual cosa les dones, amb raó, me'n blasmarien), sinó que insistint en un cert aspecte quedava anul·lada l'anormal exageració d'altres.

En aquest joc de *fer-la* a gust meu, hi trobava gaudi.

Però, era feliç, jo? Em temo que no. Quan l'abraçava, sempre em produïa esgarrifança pensar en la naturalesa de l'ésser que premia entre els meus braços, i em feia por que Venus no decidís prendre-me-la de la mateixa manera que me l'havia deixada pressentir. Em preguntava si aquella seria de debò la fase final de la metamorfosi, i m'entristia pensar que la meva Galatea podia deixar d'ésser dona amb la mateixa facilitat amb què havia deixat d'ésser home. I en aquest cas, per esdevenir què?

No podia foragitar la temença que em feia la idea que tot plegat no fos una d'aquelles experiències de Gorienko que sempre acabaven malament. Però la mirada d'ella era tan neta! Potser la meva depressió es devia una mica al fet que cercàvem pis i no en trobàvem. L'època, dolenta en general, ho era més pels que es volien casar, i això feia que els prometatges, que sempre han estat accidentats, aleshores fossin un turment. Així, jo tenia el meu pesar i el pesar de tots, de la qual cosa no em podia queixar, perquè en definitiva aquest era i és el tribut de cada ciutadà. Els meus influents amics em van proporcionar una torreta moblada, a Sarrià (propietat d'un senyor que havia fugit), i aquest gest em va fer avançar la data de la boda.

Va ésser un casament civil, és clar, però no pas desproveït de solemnitat. Hi va haver discursos a l'hora de dinar, en els quals qui més qui menys va recórrer a semblances mitològiques per explicar bellament el cas de la meva dona, i cregueu que algú hi reeixia de debò. Ens van fer molts presents. Per cert, que un amic anònim em va regalar una cantimplora, una manta, un plat d'alumini i unes botes de soldat, adjuntant una nota que deia que potser tot allò em faria falta. Quin ximple!... Però no, perquè l'endemà els diaris publicaven que el Govern havia mobilitzat la meva lleva.

La lluna de mel va ésser curta. Teníem damunt nostre l'amenaça de la data de la meva incorporació, un dia 24. A l'abraçada amorosa, que ja suposava altres neguits, nosaltres hi afegíem el d'aquell pròxim 24. La xifra prenia formes animades, es descomponia en braços, o, millor dit, en tentacles que ens cercaven el coll per oprimir-lo i el trobaven. No vull parlar més d'aquell període. La meva vida dequeia, es gastava, perdia interès. La sensació més intensa d'aquella lluna de mel era el record d'una cosa que encara no s'havia produït. El record d'un futur dia 24.

* *

Ja fa dos mesos que sóc al front. El meu sector és tranquil i l'oci deixa marge a la meditació. M'he preguntat moltes vegades si tot *allò* és possible, si la meva realitat no és aquesta de la vida de campanya en comptes de la que m'espera a casa. Em costa de dir «a casa». Tinc el passat a l'abast de la mà, però no allargaria el braç per res.

Que ella existeix és veritat, perquè periòdicament rebo cartes seves, escrites en una lletra masculina que em produeix una rara angoixa. Jo li contesto i ens expliquem el que bonament podem; endevino que, sense ningú que la vigili, l'habitud del gest masculí tornarà a ensenyorir-se d'ella. El doctor la visita sovint, però altra feina deu tenir que dedicar-s'hi. A vegades provo d'imaginar-me-la asseguda en un balancí, fent punt de mitja, però la idea m'arrenca rialles que sempre acaben provocant-me el plor.

Em pensava que, escrivint aquestes notes, m'alleujaria l'esperit. M'he equivocat. Ara, en resseguir sobre el paper aquesta història, m'adono de la meva decadència. Que n'és, de llunyana, la seguretat d'aquell Gaeli inventor de religions! El Gaeli d'ara està abaltit, i troba que allò no era pas un invent.

I, amb tot, la meva singular planeta no es resigna pas a amollar-me. La setmana passada vaig rebre una tramesa del Servei de Paquets al Front. Era una capsa petita, protegida amb un farcell de xarpellera. En tenir-la a les mans, vaig pressentir que contenia el meu amulet asteca, i en obrir-la vaig veure que, en efecte, la peça perduda tornava al meu poder. Però ni això ni res ja no em pot causar meravella. Algú ha convertit el talismà en un absurd aguantallibres. En la figura s'hi descobreixen encara els senyals dels trossos en què es va trencar, i es veu que ha estat reconstruïda per un operari hàbil. Dins del paquet, hi havia una carta de la meva dona, que transcric:

«Estimat Joan:

T'envio aquest petit present, amb la il·lusió que el rebis en la data del teu aniversari.[1] En una carta em dius que has perdut algun dels teus llibres perquè no els pots tenir ben condicionats. Espero que això et serà útil. Jo estic molt bé. El doctor em ve a veure sovint i em fa companyia. Cuida't força i sigues tan feliç com puguis. La teva Miquela.»

Heus aquí, doncs, la profecia de Gorienko acomplida. Però puc assegurar que, almenys en un aspecte, Gorienko va errar, perquè no penso fer res per esbrinar la procedència de l'aguantallibres. Ni penso preguntar-li a la meva dona. El primer que vaig fer fou separar el talismà d'allò que hi havien afegit. La meva estimada no té idea de la nosa que fa un aguantallibres en campanya.

Després em va entrar una inevitable curiositat per saber quina virtut deu conservar l'amulet, i se m'ocorregué de seguida que potser em serviria de mascota per a guardar-me dels perills d'aquesta guerra. Aquell mateix vespre se'm presentà l'oportunitat de provar-ho. Hi va haver enfront de la nostra línia una agitació fora d'ús, i, en arribar la nit, van demanar cinc voluntaris per acompanyar un oficial que havia de realitzar un *raid* d'observació. La missió era perillosa, i jo vaig pregar a un dels cinc companys que s'oferiren que s'emportés l'amulet. Li vaig assegurar que li donaria sort.

A la matinada següent van tornar el tinent i quatre soldats. L'altre, el de la sort, havia estat desfet per un projectil de morter. Un dels companys em retornà l'amulet, dient que era l'única cosa que havia quedat sencera. Dos dies després m'estava al parapet contemplant el talismà. Feia sol i hi havia calma. Estava tan abstret, jo, que pensava en veu alta: «Però, Senyor, tot plegat, què deu

1. El vaig rebre dies després.

significar?» I algú que es trobava prop meu em contestà:

—No pensis, ara. Quan no puguis explicar una cosa d'altra manera, digues que es tracta d'un símbol.

* *

Demà emprenem una ofensiva. Avui ens ha parlat el comissari, per tal de preparar-nos, i l'agitació ha estat intensa durant tot el dia. Jo estic segur que moriré en el primer combat. Portaré amb mi l'amulet i, sobretot, la meva resignació davant de l'adversitat, però res no hi valdrà. Això està ben llest. Només demano als meus amics, i a tots aquells que trobin divertida la meva història, que em vulguin dedicar un pietós record.

FI

Octubre de 1938

L'autor agraeix a Amanda Bath i Josep Besa la seva valuosa col·laboració en la tasca de recuperació i neteja del manuscrit original.

Sumari